Tanya Lieske

MEIN FREUND CHARLIE

Für Paula Peretti

Tanya Lieske

MEIN FREUND CHARLIE

Roman

BELTZ
& Gelberg

Ein wahrer Freund ist wie ein zweites Ich.

frei nach Marcus Tullius Cicero

Am ersten Tag nach den Ferien sollten wir das, was wir in den Ferien erlebt hatten, aufschreiben.

Mit allen uns bekannten literarischen Stilmitteln arbeiten, das war die Aufgabe, die uns Frau Mironova gab. Alle waren skeptisch.

Ich auch.

»Das geht nicht.«

»Wieso nicht?« Frau Mironova schob sich ihre schwere Brille hoch und den Kaugummi in die andere Backe.

»Bei mir ist zu viel passiert.«

»Mehr als Blaubeeren sammeln und erste Küsse an der Ostsee?«

»Viel mehr.«

»Umso besser. Schreib's auf.«

»Das schaff ich nicht bis morgen.«

»Lass dir Zeit.«

»Unser Computer ist kaputt.«

»Nimm ein Heft«, sagt Frau Mironova. Sie öffnete ihre Monstertasche, die wie ein Drache auf dem Pult lauerte, und brachte doch tatsächlich eines von ihren russischen Heften zum Vorschein. Sie war mal wieder bei ihren Freunden in Moskau gewesen und hatte sich eingedeckt.

Kariert und ganz leer war das Heft. Ich hatte so gar keine Lust, das alles vollzuschreiben.

»Es wird ziemlich gefährlich ... und kompliziert ... es kommen echte Verbrecher darin vor.«

»Verbrecher?« Frau Mironova zog eine Augenbraue hoch. »Was verbrechen denn diese Verbrecher?«

»Sie brechen ein. Es sind Einbrecher ... also Räuber.«

»Räuber? Wie bei Schiller?« Ich konnte sehen, dass Frau Mironova Feuer fing, ihre Fußspitze wippte. Von Schiller hatte ich schon gehört, denn der war ein Freund von Fjodor Dostojewski, und mit dem lag unsere Lehrerin uns in den Ohren, seit ich denken kann. Frau Mironova ist eine große Kennerin der russischen Literatur.

»Räuber in echten Höhlen?«

Sie ließ mal wieder nicht locker.

»Eher nein ... Räuber leben nicht mehr in Höhlen. In Deutschland wohnen sie in Häusern. «

»Deutschland?« Frau Mironova ließ ihren Kaugummi platzen. Sie legte ihre Stirn in Falten. »Ich glaube, du schuldest deiner Klasse eine Geschichte.«

Ich seufzte. Frau Mironova war eine harte Gegnerin, wenn sie sich was in den Kopf gesetzt hat.

1

Wie wär's denn so mit Deutschland?«, fragte Mahris eines Abends beiläufig. Er zerteilte die Pizza auf seinem Teller, schob sich das beste Stück mit der Salami an den Rand. Mahris hebt sich das Beste immer auf bis zum Schluss.

Unsere Küchenlampe tauchte die Küche in ein warmes Licht.

Mir war schon aufgefallen, dass Mahris dringend etwas loswerden musste. Er war ruhelos hin und her gelaufen und hatte die ganze Zeit seine Sandalen gesucht.

»Wieso Deutschland?«, fragte ich.

Mahris kaute vor sich hin. »Deutschland is' gut. In Deutschland haben alle Arbeit und wir haben ja jetzt den Euro.« Er zeigte ein paar Scheine her, 5, 20, 50. Grün, Blau, Orange.

Es war unser letztes Geld, wie sich herausstellen sollte.

Dass wir nicht großartig in Urlaub fahren würden, war eh klar. Onkel Witold und sein tolles Chicago würden noch auf uns warten müssen. Oft füllte Mahris das Sparschwein, das auf dem Klavier stand, und noch öfter schlachtete er es. Aber wir hätten doch immerhin an der Ostsee zelten oder zu Maja nach Tukums fahren können.

Das hätte ich sogar ohne Mahris gemacht, wenn er unbedingt den Sommer über arbeiten wollte.

Pustekuchen. Mahris hatte alles von langer Hand geplant. Unsere Reise stand längst fest. Schon am nächsten Tag räumten wir unsere Sachen in die Schränke, die unter der Wandschräge eingebaut waren. Alles passte prima, was auch daran lag, dass wir nicht so viel Zeugs haben. Mahris glaubt nicht an den großen Besitz. Er rollte seine Hängematte zusammen und steckte sie in seine Reisetasche. »Man weiß ja nie.« Dann kamen zwei Amerikaner mit dicken Sonnenbrillen unsere Treppe hochgestiefelt. *Oh, how nice*. Das war der Mann. Er schaute sich das Bild an von den Männern im Ringelbadeanzug, die eine Menschenpyramide machen. Es ist Mahris' Lieblingsbild und deswegen hängt es groß über unserem Frühstückstisch. *How bohemian*, rief die Frau, was wohl heißen sollte, dass ihr unsere Dachwohnung besonders gut gefiel. Es stellte sich raus, dass sie diese für zwei Wochen gemietet hatten. Andere Leute würden nachkommen. Bis Ende August wären wir sowieso unterwegs, meinte Mahris und steckte die neuen Geldscheine zufrieden in seine Hosentaschen. Mahris ist kein großer Freund von Portemonnaies.

Es regnete einen lettischen Sommerregen, als wir hinter dem Zentralmarkt auf den Bus warteten. Schnell, viel, kübelweise. Mahris zog mich in die Zeppelinhalle. Es reichte noch für eine schnelle Zigarette (Mahris), dazu schwarzen Kaffee (Mahris) und für einen Strudel mit Kakao (Niks). »Ach, Italien«, seufzte Mahris und sah auf das Gemälde mit Krügen und Weinranken und verliebten Paaren, die sich zuprosten. Ieva hat es selbst aufgemalt, um ihrer Kafejnica ein südliches Flair zu verleihen. Mahris küsste Ieva auf die Wange, dann traten wir wieder ins Freie. Mahris wurde überall mit Handschlag verabschiedet. Die Marktleute lieben Mahris, weil er immer so hilfsbereit ist. Er stapelt die Paletten so schnell und so gründlich wie kein anderer. *»Ardievas, Mahris un Niks«* rief es von überall her. Die Blumenfrau schenkte uns Kornblumen.

Dann kam Ieva noch einmal hinter ihrem Tresen hervorgestürzt und küsste Mahris auf den Mund. Einfach so. Ich wusste wohl, dass Mahris sehr beliebt bei den Frauen ist. Ich wusste nicht, dass er beim Geküsstwerden rot wird.

2

Der Bus war von Ecolines, hatte eine Toilette und WLAN an Bord und sollte uns in knapp 30 Stunden bis nach Dortmund bringen. Fünf Stunden später tat mir der Hosenboden weh und ich wollte keinen weiteren James Bond mehr sehen. Dafür setzte mich Mahris jetzt ins Bild. In Deutschland würden fleißige Leute gesucht wie sonst nirgends und er mit seinen vielen Talenten (auf Fährschiffen servieren, auf Baustellen ganz gerade Gipskanten ziehen, auf Wochenmärkten Paletten stapeln) würde sicher schnell Arbeit finden. Dann wäre es im nächsten Winter, Mahris druckste ein bisschen rum, nicht so *eng* in unserer Haushaltskasse. Wer weiß, vielleicht könnten wir uns sogar einen Computer anschaffen.

Ein Computer! Das klang gut. Den Rest hielt ich für eine Schnapsidee und sagte das auch. »Aber du weißt doch, dass ich seit Jahren keinen Tropfen Alkohol mehr trinke«, sagte Mahris treuherzig, und damit hatte er es wieder einmal geschafft.

Man kann Mahris einfach nicht lange böse sein.

Wir fuhren lange durch die Wälder nach Westen. In Weißrussland aßen wir eine Wurst und durften pinkeln. In

Warschau war es stockduster, alle Warschauer lagen in ihren Betten. In Berlin hatte Mahris keine Lust mehr und wollte nicht mehr weiterfahren. Wir taumelten aus dem Bus, Pinkelpause Nummer fünf. »Es gibt hier bestimmt Letten, die uns weiterhelfen«, sagte Mahris. »Wir Letten sind wie Sand und Bäume. Überall vorhanden, überall zu Hause. Wir halten zusammen, wir Letten.«

Ich überredete Mahris, trotz der vielen Letten, die hier im Morgengrauen im Gebüsch auf uns warten würden, weiterzufahren bis Dortmund. Später bedankte er sich bei mir dafür. Mahris kann ein wenig sprunghaft sein, undankbar ist er nie.

Mahris ist mein Vater und wahrscheinlich ist er der verrückteste Vater in ganz Lettland. Seine Taschen sind immer vollgestopft mit Zeugs, von dem er meint, dass er es brauchen könnte. Eine Schnur, Bustickets, ein winziges Taschenmesser, mehrere Flummis. Und er kann Sachen, die sonst niemand kann (jedenfalls niemand, den ich kenne): auf den Händen laufen, Spielkarten in seinem Ärmel verschwinden lassen, einen Flummi auf seiner Nase balancieren, mit drei Bällen jonglieren.

Als ich klein war, hat er sich die tollsten Spiele ausgedacht. Mehrere Sommer lang haben wir Anschleichen geübt, im Kronwaldpark, im Wöhrmannschen Garten, sogar auf dem Deutschen Friedhof (da liegen die ganzen Generäle und Großgrundbesitzer, die in Lettland unterwegs waren).

Anschleichen ginge besonders gut, wenn man so leise wie eine Maus und so blättrig wie grünes Gebüsch würde, meinte Maris. »Du musst dir nur vorstellen, dass dich niemand sieht und niemand hört.« Dann sind wir immer über Stock und Stein gepirscht, haben uns an Spaziergänger angeschlichen und gewartet, bis sie uns doch gehört haben und sich erschrocken nach uns umgedreht haben.

»Macht nichts, wir üben weiter. Du bist ein Ozols und ein richtiger Ozols muss sich anschleichen können«, sagte Mahris dann immer. Den Zusammenhang zwischen dem Anschleichen und unserem Familiennamen fand ich etwas weit hergeholt. Halb Lettland ist wie wir nach Bäumen benannt, aber außer uns kenne ich niemanden, der besonderen Wert aufs Anschleichen legt.

Zwischen Berlin und Dortmund versuchte Mahris, mir alles noch einmal in Ruhe zu erklären. Ich konnte sehen, dass er ein schlechtes Gewissen hatte wegen unseres überstürzten Aufbruchs. Ich hätte doch sicher die vielen Männer und Frauen gesehen, die mit ihren verknautschten Tüten und Löchern in den Schuhen durch Riga liefen? Das war mir aufgefallen. Gerade eben noch, am Zentralmarkt, hatte ich Tütenleute gesehen. Schräg gegenüber der Bushaltestelle schlief einer regelmäßig. Schlafsack, Hund und Einkaufswagen. Die Haltestelle ist sein Zuhause.

»Du meinst Leute wie der Alte mit dem Hund?«

Mahris nickte.

»Nur, dass er nicht alt ist. Na ja, nicht viel älter als ich. Der Mann ist nicht sehr alt, sondern sehr arm. Armut macht Leute alt. Und das passiert schneller, als man denkt.« Mahris zögerte. »Weißt du, Niks, der Bausektor ist weggebrochen. Wegen der großen Krise.«

Das waren Mahris' Worte. *Bausektor – weggebrochen*. Gemeint war, dass es auf den Baustellen seit der Bankenkrise nicht mehr so hoch herging wie früher. Am wenigsten wurden Leute gebraucht wie Mahris: Leute, die sich vor allem aufs Verzieren, Gipskanten-Ziehen, Schleifen und Schönmachen verstehen. »Wenn das Geld knapp wird, verzichten die Leute immer zuerst auf Schönheit. Deshalb fahren wir nach Deutschland. In Deutschland ist alles schön, denn in Deutschland boomt die Wirtschaft«, sagte Mahris. Es klang wie »Bumm«, und gerade wollte ich lachen, da schob er hinterher: »Wenn es richtig toll läuft in Deutschland, dann könnten wir auch länger dableiben. Für immer, zum Beispiel.«

Bumm.

Danach sagte eine Weile keiner von uns mehr irgendwas. Ich zählte die Chipskrümel auf dem Boden und versuchte, mich an den Gedanken zu gewöhnen, dass Mahris gerade keinen Witz gemacht hatte. Hatte er nicht, denn seine Augen waren ganz ernst geblieben.

Am Nachmittag des nächsten Tages war ich so fertig und so müde vom Sitzen, dass ich mir selbst versprach, nie wieder in einen Bus zu steigen. Genau da kam Dortmund in Sicht. Wir fuhren in die Stadt und hielten neben dem Bahnhof, erst jetzt merkten wir, dass wir dringend was zu essen brauchten. Mahris schaffte es, uns in Zeichensprache zwei belegte Brötchen zu bestellen, die erstaunlich gut schmeckten, wenn man bedenkt, dass sie nicht aus Riga kamen, wo die besten Bäcker leben. Mahris zog sein Handy aus der Tasche und fing an zu telefonieren.

Dann kam ein grauer Skoda vorgefahren und lud uns ein. Wir brausten über die Autobahn, eine Landstraße, erreichten eine weitere Stadt, die nicht mehr Dortmund war. Eine Brücke, ein Fluss an dessen Ufern viele Menschen in der Sonne lagen. Breite Straßen, Alleen, schöne Häuser. Dann wurden die Straßen anders, enger und holpriger. Irgendwann hielten wir vor einem mehrstöckigen Haus. Satellitenschüsseln steckten an kleinen Balkonen wie Zahnstocher in einem Käse.

Wir stiegen aus. Der Mann, der uns gefahren hatte, blieb im Skoda sitzen und rauchte. Wir holten unsere Taschen aus dem Kofferraum. Der Fahrer streckte eine kleine faltige Hand aus dem Fenster. Eine Hand, in die Mahris mehrere ganz glatte Geldscheine legte. Der Mann gab ihm dafür einen Schlüssel, dann fuhr er, ohne ein weiteres Wort zu sagen, weg. Knatternder Auspuff.

Mahris zuckte mit den Achseln. »Netter Typ.«

Wenn Mahris nicht wirklich was Gutes über Leute zu sagen hat, dann sagt er immer, dass sie *nett* sind.

Wir sahen uns in der neuen Umgebung um. Vor uns auf dem Bürgersteig stritt sich eine Horde schwarzhaariger Kinder. Mahris wollte gerade zu ihnen gehen, den Streit schlichten, bis ihm wohl auffiel, dass er kein Wort von dem verstand, was sie sich an den Kopf warfen. Die Kids sprachen nämlich verschiedene Sprachen, persisch oder afghanisch oder marokkanisch, auch wenn ich das zu dem Zeitpunkt noch nicht wusste. »Tja«, sagte Mahris, kratzte sich am Kopf, ging zum Haus und stieß die Eingangstür auf.

Die Wände im Flur waren gefliest. »Nette Farbe«, murmelte Mahris, dem das Orange der Fliesen zu schaffen machte. Bei Mahris geht es anders zu als bei dem Rest der Menschheit – bei ihm stirbt alles Schöne zuletzt.

Im Flur roch es nach Seife und Knoblauch, und über allem flimmerte ein Neonlicht, obwohl es draußen noch hell war. Wir bugsierten gerade unsere Taschen in einen winzigen Aufzug, als ich den Jungen entdeckte.

Er saß auf der obersten Treppenstufe und rauchte. Er sah uns regungslos zu, wie wir uns mit unserem Gepäck abmühten, mit zwei dicken Reisetaschen, zwei kleineren Rucksäcken, einem Fußball und Mahris' komischer Hutschachtel, die er nie aus den Händen gibt.

Scheißpolacke, zischte er mir zu, als ich an ihm vorbeiging. Der Junge sprach russisch.

»*Russki, go home*«, parierte ich. »Bin übrigens Lette.«

»Ach nee.«

»Ach doch.«

»*Scheißlette.*«

»*Kackrusse.*«

Wenn mir jetzt jemand gesagt hätte, dass da oben auf der Treppenstufe mein Freund Charlie saß, ich hätte demjenigen wohl einen Vogel gezeigt.

»Niks, komm mal «, rief Mahris von oben. Er hantierte mit den Taschen und brauchte meine Hilfe.

Die Tür zu unserer neuen Wohnung hatte mittendrin ein kleines Loch, mit dem ich zunächst nichts anfangen konnte, von dem ich später aber erfuhr, dass die Deutschen es *Spion* nennen. Man kann durch dieses Loch rausgucken, aber nicht rein. Die Person, die vor der Tür steht, sieht dann dick aus wie ein *Pelmeni*. Fragt mich heute einer nach dem Haus, in dem wir zu der Zeit wohnten, dann ist damit alles gesagt: *Spion*. Von innen auf einen anderen schauen, der außen steht, ohne selbst gesehen zu werden. Darum ging es in diesem Haus.

In der Tür klemmten Werbebriefe. Wir betraten einen engen Flur, fanden ein Zimmer mit einer Matratze darin und eine kleine Küche mit einem wackeligen Tisch und einem Gaskocher. Hinter einer weiteren Tür befanden sich ein Klo und ein Handwaschbecken. Es müffelte ziemlich übel. Und das war's. Aus dem Fenster schaute ich in einen Innenhof mit Mülltonnen, Gebüsch und einer Teppichstange. Vor dem Küchenfenster verliefen Gleise. Die Scheiben klirrten, wenn eine Bahn vorbeifuhr.

Ich dachte an unsere Wohnung in der *Stabu iela*. Unsere Wohnung ganz oben, am Ende der knarrenden Holztreppe. Eigentlich ist es nur ein Zimmer, aber ein schönes großes mit fünf schrägen und sieben geraden Fenstern, über die schrägen spazieren morgens die Tauben. Im Sommer ist es wegen der vielen Fenster so hell, dass wir uns die Augen verbinden müssen, wenn wir zu Bett gehen, sonst bekommen wir nicht genug Schlaf. Im Winter stellen wir Flaschen mit Kerzen auf die Fensterbretter, sie spiegeln sich in den Fensterscheiben, und wir kommen uns dann vor, als würden wir in einem Palast leben.

»Geht schon klar«, murmelte Mahris jetzt. Er stellte unsere Taschen ab. Mahris ist ein Optimist. Das ist jemand, der immer das Beste erwartet. Vielleicht ist ein Optimist auch jemand, der, gerade weil er ständig das Beste erwartet, auch ständig das Beste bekommt. Und bislang war das auch immer so gewesen. Mahris erzählte mir immer gerne davon, wie viel Glück er in seinem Leben gehabt hatte. Glück mit der Wohnung, Glück mit seinen Freunden auf dem Markt, Glück mit mir. Das ist auch heute noch sein Lieblingssatz: »Mit meinem Niks habe ich großes Glück gehabt.«

Mahris hob zerstreut seine Hutschachtel hoch, stellte sie wieder hin, fuhr sich durch das Haar. Dann ging er in die Küche, fummelte an dem Gaskocher rum, bis eine Stichflamme hochschlug. Er packte unseren Reiseproviant aus, die Blinis von Maja. Eine Kerze mit dem Bild der Muttergottes hatte sie uns auch geschenkt. Auch wenn wir uns sonst manchmal zuzwinkern, wenn Maja mal wieder ständig für uns betet und uns segnet. Maja ist eine Russin und geht zur Alexander-Nevski-Kathedrale. Als ich klein war, bin ich oft mitgegangen. Daher weiß ich, dass in ihrer Kirche alle Gläubigen immer endlos beten. Sie beten vor ihren Ikonen, und die Heiligen darauf glänzen im Licht der Opferkerzen, was das Zeug hält.

Mahris zündete also die kleine Kerze an, wir machten uns über die Blinis her und spielten Karten. Es wurde gerade schön, Mahris war wie immer dabei zu verlieren, als wir laute Stimmen im Flur hörten. Es war ein Streit. Ein russischer Streit.

Es ging um irgendwelche Sachen, die in Sicherheit gebracht werden müssten. Von *Anteilen* war die Rede. *Schmiere stehen* hörte ich auch und verstand nicht, was damit gemeint war. Mahris und ich spitzten die Ohren. Wir sprechen beide russisch. Mahris noch von früher, weil

Lettland mal von Russland besetzt war. Und ich, weil bei uns in Riga noch ziemlich viele Russen von früher übrig sind, Maja zum Beispiel. Und weil Maja auf mich aufgepasst hat, seit ich denken kann.

Mahris machte jetzt die Tür auf, schob sich halb raus. Er hat es nicht gerne, wenn Leute streiten. Also sagte er was mit seiner freundlichen Mahris-Stimme. Und wurde angeblafft, dass er sich um seine eigene *Sch* ... kümmern sollte.

»Tja«, meinte Mahris. Er machte die Tür wieder zu und dann spülten wir ein paar zerkratzte Teller unter fließend kaltem Wasser. Als es draußen still war, gingen wir raus, um uns in dem Bad am Ende des Flurs die Zähne zu putzen. Schließlich drehte Maris wie bei uns daheim einen Haken in die Wand, rollte seine Hängematte aus und befestigte sie zwischen Fensterknauf und Haken. Ich kroch in meinen Schlafsack, den ich sonst nur brauche, wenn wir am Strand von Jūrmala zelten. Jetzt war ich froh, denn der Schlafsack roch so gut nach Zuhause, dass ich sofort eingeschlafen bin.

3

Mahris' Stimme weckte mich. Er tigerte in unserem kleinen Flur auf und ab und telefonierte mit Onkel Witold. »Auf keinen Fall«, stieß er energisch hervor. »Keine Flugtickets ... ich kann das alleine ... wir machen das schon. Ja, Niks ist hier ...« Deutschland ... doch, doch, *Deutschland*. Du wirst schon sehen ...« Mahris hatte seine Stimme gesenkt. Wenn Onkel Witold mit Flugtickets winkte, hieß das, dass er sich mal wieder Sorgen um Mahris und mich machte. Onkel Witold war vor einigen Jahren nach Amerika ausgewandert und sagte ständig, dass wir nachkommen sollten. »Das ist so bei großen Brüdern«, hatte Mahris mir mal erklärt. »Sie passen bis an ihr Lebensende auf die jüngeren Geschwister auf. Auch wenn die Kleinen hervorragend allein zurechtkommen.«

Vor einem Jahr hatte Onkel Witold schon einmal Flugtickets geschickt, doch Mahris hatte sie zurückgeschickt. Es gab daraufhin Streit, weil Witold Mahris und mich unbedingt bei seiner Hochzeit dabeihaben wollte. Später haben Witold und Mahris sich versöhnt und Witold hat Fotos gemailt. Mit einer sehr schönen jungen Frau steht er unter einem weißen Baldachin und zertritt ein Glas mit feinen Lackschuhen. Die Frau ist seine Braut, und das Glastreten gehört bei ihren Leuten dazu, wenn sie heiraten.

»Ist doch klar«, sagte Mahris jetzt. »Na klar, wenn ich was brauche, rufe ich dich sofort an.« Ich wartete, bis das Gespräch zu Ende war, dann erst zeigte ich mich. »Hey, Niks«, rief Mahris fröhlich. Er musste schon unterwegs gewesen sein, hatte Sachen zum Frühstück besorgt, und daran konnte ich sehen, dass etwas im Busch war. Auf dem Tisch stand neben Brot und Honig meine Leibspeise, frische Blaubeeren – in einer Plastikschale! Normalerweise sieht Mahris die Sache mit Blaubeeren so: Sie kommen nur selbst gepflückt *(Lesim ogot!)* auf den Tisch, und sie müssen aus unseren lettischen Wäldern kommen, wenn sie es wert sind, dass wir uns um sie kümmern.

»Was gibt's?«, fragte ich möglichst beiläufig.

»Ich muss gleich weg. Hab noch ein paar Sachen zu erledigen. Papiere und so. Du kommst doch klar?«

Du kommst doch klar? ist der Satz, den Mahris immer sagt, wenn er merkt, dass er als Vater etwas übersehen hat. Mein Job ist es dann, Mahris über die Lücken in meiner Erziehung hinwegzutrösten. Ihm klarzumachen, ganz egal, was er diesmal vergessen hat oder nicht richtig hinbekommt, er ist und bleibt der beste Vater der Welt. Das fällt mir sonst nicht schwer, denn ich weiß, dass man mit niemandem so viel Spaß haben kann wie mit Mahris.

Trotzdem hatte ich nicht erwartet, dass er mich gleich am ersten Tag in einer wildfremden Umgebung allein lassen würde.

Mahris blinzelte besorgt, ganz so, als hätte er einen seiner hohen Spielkartentürme gebaut und würde jetzt die letzte Karte setzen.

Ich widmete mich meinen Blaubeeren.

Mahris suchte seine Sandalen.

»Na, sicher komm ich klar«, murmelte ich schließlich. »Ich ... ich hab meine Schulbücher eingepackt.«

»Super«, sagte Mahris. Offensichtlich hatte er es eilig. »Den Schlüssel lass ich dir hier. Wenn du mich brauchst, schick 'ne Nachricht.«

Die Tür fiel hinter ihm ins Schloss. Und ... weg war er.

Zuerst schaute ich nach, wer von meinen Freunden online war. Keiner oder alle, schwer zu sagen, ich hatte nämlich kein WLAN. Alle Netze waren verschlüsselt. Ich spülte meinen Teller ab. Eine Bahn ratterte vorbei. Ich steckte den Kopf durch die Tür in den Flur. Es war dunkel. Ich tastete nach dem Lichtschalter, das Neonlicht sprang flackernd an. Alle Türen waren geschlossen. Aus einem Zimmer drang irgendeine orientalische Musik. Ich ging zum Bad am Ende des Gangs, fand drei Duschen, eine Reihe Waschbecken, zerbrochene Spiegel. Ich schaute in den Spiegel: Dunkle Haare, Knubbelnase, Augenkonfetti, alles war am Platz. Hände waschen, Luft holen. Wenn Mahris so beschäftigt war, würde ich die neue Umgebung eben selbst erkunden. Ich ging ins Zimmer zurück, nahm meinen Rucksack, packte meinen Fußball ein. Ein bisschen kicken ist immer eine Option.

Der Junge von gestern stand beim Aufzug und rauchte.

»Ach, der Scheißpolacke.«

»Polacke ohne Scheiß. Ich bin übrigens Lette.«

»Läuft aufs Gleiche raus.«

»Tut es nicht. Polen liegt ziemlich weit links von uns aus gesehen.«

Seine Mundwinkel zuckten leicht. Der Junge betrachtete mich schweigend, seine Augen waren grün, ich dachte an Majas Garten in Tukums und hatte ein Gefühl wie bei einer Klassenarbeit.

»Dein Russisch ist aber okay. Besser als bei den Polen.«

Ich zuckte mit den Schultern. Was sollte ich sagen – dass Maja mir russische Kinderlieder vorgesungen hatte? Dass ich eine verrückte halb russische Lehrerin hatte, die uns Dostojewski im Original vorlas, ganz egal, ob wir das verstehen konnten oder nicht?

Der Junge trat seine Zigarette mit der Schuhspitze aus.

»Heute allein unterwegs?«

»Sieht so aus.«

»Ich habe Zeit. Wir könnten zusammen rausgehen, wenn du willst.«

»Ist gut.«

Der Junge stieß die Eingangstür auf und wir standen in sehr hellem Sonnenlicht. Ich kniff die Augen zusammen und sehnte mich nach dem grauen lettischen Himmel von ... War es gestern oder vorgestern gewesen? Wann genau waren wir in Riga losgefahren? Ich fühlte mich, als hätte die Zeit einen Sprung getan, als wäre sie vorwärtsgehopst, wie der Zeiger auf unserer alten Bahnhofsuhr.

»Ich bin übrigens Charlie«, sagte der Junge.

»Niklas«, sagte ich. »Rufname Niks.«

Es stand sehr schnell fest, dass wir Freunde werden würden. Woran genau man erkennt, dass ein Mensch zum Freund taugt, weiß ich nicht. Aber ich weiß, dass Charlie der erste Freund war, der von außen gekommen war. Der ganz neu war in meinem Leben. Er gehörte nicht in meine Schule wie Janis und Vitas und nicht in die *Stabu iela* und nicht in die *Rīgas Futbola Skola*, wo ich mit Lauris und Raivo und Sandis trainierte. Mahris hatte mich in diesem Verein angemeldet, weil er den Weg zum Eishockeystadium zu weit fand, *rüber über die Daugava, wie soll das einer, der so viel arbeitet wie ich, schaffen*? Das war jetzt mein Glück, denn mit einem Eishockeyschläger hätte ich bestimmt nicht viel anfangen können in dem Sommer da draußen. Wir machten ein paar Probeschüsse, um mal zu schauen, was geht. Beim Elfmeter unter der Teppichstange stellte sich raus, dass Charlie besser halten konnte als ich. Ziemlich gut waren wir beide, Charlie hatte in Moskau auch im Verein gespielt.

Von unseren Heimatstädten erzählten wir uns erst später, und alles andere, was zu jedem von uns gehörte, packten wir erst mit der Zeit aus. Es gab nicht das eine Mal, wo wir uns alles über uns selbst erzählt hätten. »Gute Männerfreundschaften«, hatte Mahris einmal gesagt, »erkennt man daran, dass sie auch ohne viele Worte auskommen. Bei Frauen ist es eher umgekehrt.«

Jedenfalls hielt Charlie den Mund, als ich das erste Mal in Deutschland zu Fuß unterwegs war und versuchte, mich zu sortieren. Ich konnte die Schilder an den Geschäften nicht lesen und kapierte nicht, warum so viele Frauen auf den Straßen hier mit Kopftuch unterwegs waren. Ich suchte die Kabel, die über der Bahn schweben, und legte den Kopf in den Nacken. Bei uns in der *Stabu* sind die Häuser bewacht: Drachen und Löwen und Adler und Eulen stehen auf den Dächern, schweben über den Türen, warten über Fenstersimsen. »Sie passen auf«, hat Mahris mir erklärt, als ich noch klein war. »Sie halten das Böse weit weg von den Häusern und den Leuten, die in ihnen wohnen.«

An den Häusern der Straße, die ich mit Charlie entlangging, entdeckte ich nur glatte Mauern, Satellitenschüsseln und jede Menge Fernsehantennen. Es mussten sehr sichere Häuser sein, die keine Aufpasser brauchten. Vielleicht waren es auch besonders unsichere Häuser, weil sie keine Aufpasser hatten?

Wir kamen an einem Gemüseladen vorbei, hier musste Mahris heute Morgen die Beeren gekauft haben. Es gab mehr Südfrüchte und weniger Gurken als zu Hause. Im Vorbeigehen nahm sich Charlie einen Apfel weg. Er nahm einen von ganz unten und trotzdem rollte keiner der anderen Äpfel aus der Pyramide. Der Gemüsehändler, klein, schwarz mit Schnauzbart, hatte Charlie gesehen. Er winkte ihm freundlich hinterher. Charlie rieb den Apfel an seinem Ärmel blank. Dann gab er ihn mir. »Hier, der ist für dich.«

4

Ich versuchte, mir den Namen der Straße zu merken, in der wir jetzt wohnten: Linienstraße. Sie sah eigentlich ganz okay aus, es gab viele Bäume, den Gemüsehändler, einen Kiosk, eine Bäckerei, ein Nagelstudio, und am Ende der Straße gab es einen Spielplatz, der so früh am Morgen noch ziemlich leer war.

Die Sonne warf ein freundliches Licht und ich konnte unsere beiden Schatten auf dem Pflaster sehen. Einer war etwas größer und sehr schmal, der andere etwas kleiner, das war ich.

Charlie erklärte mir, was *Linie* bedeutete, und das fand ich witzig, denn *Stabu* ist *Stab* … vielleicht waren unsere alte und unsere neue Straße irgendwie miteinander verwandt. So was wie Cousinen! Das dachte ich und fühlte mich in diesem Augenblick wie ein Mahris, nämlich superoptimistisch.

Dann sagte Charlie gar nichts mehr. Charlie konnte von einem Moment zum nächsten still werden, aber es war nie die Art von Schweigen, bei der einem ungemütlich wird. Ich hing meinen Gedanken nach, versuchte, mir den Weg zu merken … und war trotzdem überrascht, als wir schon wieder auf unser Haus zusteuerten.

Aus der Tür kam jetzt ein riesiger Mann. Er war der größte Typ, den ich je gesehen hatte, und mit groß meine ich riesig. Ich meine: überlebensgroß. Er trug einen schwarzen Trainingsanzug und Schlappen an den Füßen und warf in der grellen Sonne einen Schatten wie ein Kirchturm.

Er sah aus, wie man sich einen richtigen Verbrecher vorstellt, und das finde ich selbst heute noch aufregend. Man sollte meinen, echte Verbrecher würden ihr Verbrechertum vertuschen, indem sie sich weiße Manschetten oder so was anlegen.

Der nicht.

Der Mann sah mich an, als wäre er die Katze und ich eine Maus. Ich wollte ganz dringend auf meine Füße schauen. Ich war in einer Gegend gelandet, in der man seine Füße betrachtet, wenn bestimmte Leute einen auf eine bestimmte Art anschauten, das merkte ich ziemlich schnell. Meine Füße steckten an diesem Tag in nagelneuen Turnschuhen. Mahris hatte sie mir vor der Abreise gekauft, und ich weiß, dass das ein großes Ding für ihn war.

Charlie ließ mich einfach stehen. Er rannte zu dem Mann, und sie gingen zu einem Auto, das in der Nähe stand, es war ein alter Opel Kadett mit ziemlich vielen Beulen. Sie machten den Kofferraum auf, holten mehrere Sporttaschen raus und verschwanden durch die Tür des

Hauses, in dem ich jetzt wohnte. Charlie beachtete mich nicht mehr. Es war, als würde er mich gar nicht kennen.

So war das bei Charlie. Es konnte plötzlich alles ganz anders sein. Von einem zum anderen Moment.

Dafür strömten jetzt die Kinder durch die Tür. Sie zeigten auf mich, lachten und kreischten. Ich verstand kein Wort, denn sie sprachen weder lettisch noch russisch. Englisch klingt auch anders, womit mein Vorrat an Sprachen erschöpft wäre. Englisch kann ich aus der Schule und komme damit gerade so durch: *Der junge Mensch aus dem Baltikum ist weltoffen und spricht wenigstens drei Sprachen*, das ist so ein Satz von Frau Mironova, die ich auf einmal sehr vermisste, obwohl die Sommerferien gerade erst angefangen hatten. Ob ich sie jemals wiedersehen würde? Sofort fiel mir Maja ein, von der ich mich gar nicht richtig verabschiedet hatte und die ich noch mehr vermisste.

Maja passt auf mich auf, seit ich denken kann, und genauso lange wohnt sie schon im Vorderhaus der *Stabu iela*. Sie hat alles für mich gemacht, was eine Mutter so gemacht hätte, wenn ich eine gehabt hätte, Nase geputzt, vorgelesen, Knöpfe angenäht und Pelmeni geknetet. Vom Alter her könnte Maja aber eher meine Großmutter sein. In den letzten Jahren sind ihre Finger richtig krumm geworden und deshalb gehe ich immer mit ihr auf den Markt und trage ihr den Korb beim Einkaufen (Maja mag keine Plastiktüten).

Von meiner richtigen Mutter weiß ich nicht viel. Und das Wenige, was ich weiß, weiß ich von Mahris. Sie soll eine besonders schöne Blumenfrau vom Markt gewesen sein und mich Mahris (der gar nicht wusste, dass es mich gab!!) eines Morgens einfach in den Arm gedrückt haben. Zum Beweis dafür, dass es sie gab, dass sie schön war und dass sie meine Mutter war, hat Mahris mich mal vor einen Spiegel geführt und mir die kleinen Punkte in meinen Augen gezeigt. Das seien die Konfettiaugen meiner Mutter, behauptete Mahris. Der andere Beweis sei meine Knubbelnase, sagte Mahris auch noch. Mahris selbst hat eher einen Haken als einen Knubbel im Gesicht, genau wie Onkel Witold. Mit Mahris hat meine Nase nicht viel zu tun, das steht fest.

Die Knirpse brachten jetzt eine leuchtgrüne Spritzpistole zum Vorschein. Und eröffneten das Feuer auf mich.

Na toll.

Ich ging nach oben, um mich umzuziehen. Zählte jetzt Türen und Stockwerke. Sechs auf jedem Flur, vier Stockwerke, macht 24 – ja, was? Familien? Leute wie Mahris und mich, also Winz- oder Stückfamilien?

Unsere Wohnung lag im dritten Stock. Die Tür von gegenüber war heute angelehnt. Ich wollte erst nicht neugierig sein. Ging dann aber doch langsamer als nötig daran vorbei.

Linste durch den Türspalt.

Das Zimmer dahinter glänzte mir entgegen wie eines von Majas Heiligenbildchen. Bunte Vorhänge mit Goldfäden, ein blanker Samowar, ein blitzender Aschenbecher, alles schrie nach Aufmerksamkeit. Auch Natascha hat, als ich sie zum ersten Mal gesehen habe, gefunkelt wie die Dächer der Altstadt von Riga nach einem warmen Sommerregen. Haare, Nasenpiercing, Paillettenshirt, das kleine Goldkettchen in ihrer Halskuhle, alles an Natascha hat geleuchtet.

»Hallo, was haben wir denn da!«, rief sie. »*Wen* haben wir denn da? Komm doch rein!«

Ich war mir nicht sicher.

»Nicht so schüchtern!«

Ich ging rein. Meine Hose tropfte. Ich wusste nicht, wohin mit meinen Händen. Und Augen. Natascha trug eine ausgefranste Short, so kurz, dass kürzer nicht mehr ging. Runde weiße Knie, Flipflops. Ein Paillettenshirt mit Schmetterlingen. Lange silberne Fingernägel wie Vogelkrallen an ihren Fingern, die jetzt eine Zigarette ausdrückten.

»Sooooo allein unterwegs?« Nataschas Stimme war heiser. »Wann bist du denn angekommen?«

Ich versuchte mich an einer Antwort.

»Und jetzt wartest du darauf, dass Papi eine Arbeit findet, so so«, sagte Natascha. Sie lachte ein heiseres Lachen. Dabei kniff sie ihre Augen zusammen.

»Ich verrate dir was.«

Sie beugte sich zu meinem Ohr und flüsterte: »Mit Arbeit wird hier keiner reich.« Sie legte ihren langen Finger auf ihre Lippen und schubste mich aus dem Zimmer.

Ich war entlassen. Ich stolperte im Hinausgehen über riesige Hanteln. Hatten die vorher auch schon da gelegen?

Maja ging mir nicht aus dem Kopf. Ich versuchte, sie anzurufen, und bekam nur Tut-Töne. Ich war kurz davor, mein Handy gegen die Wand zu werfen. Dann legte ich mich missmutig auf die Matratze. Schulsachen hatte ich nicht wirklich eingepackt, aber ein Buch: *Spēles Meistars* von Signe Kvaskova. Es ist mein Lieblingsbuch, deswegen hatte ich es mitgenommen, auch wenn ich es schon viele Male gelesen hatte. An den wichtigsten Stellen waren Schokoladenflecke. Das Buch zu lesen, fühlte sich ein bisschen so an wie zu Hause zu sein, in der *Stabu* auf meiner Matratze zu liegen.

Mahris weckte mich durch lautes Klopfen an der Tür. Er schleppte pralle Tüten. Ich war so froh, ihn wiederzusehen, dass ich meinen Ärger wegsteckte. Ich umarmte ihn sogar, was ja eigentlich schon lange nicht mehr so unser Ding war. Mahris verbreitete gute Laune, trotzdem merkte ich, dass sein Tag nicht so gut gelaufen war. Er hatte sich verfranst, war falsch umgestiegen, war von Leuten angerempelt, aus dem Weg geschubst worden. Hatte nach einer Adresse gefragt und nicht ganz die richtige Antwort bekommen.

Mahris packte die Tüten aus. Er hatte Nudeln, Reis, Kaffee, Kakao, Tomaten und saure Drops gekauft. Halbherzig fing er an, mit Reis, Kaffee und Kakao zu jonglieren. »Hoppla«, sagte er missmutig, als die Reistüte zu Boden ging und aufplatzte. Ich fegte den Reis weg, denn ich wollte nicht, dass Mahris sich noch mehr ärgerte.

Lametta und ein lettisch-deutsches Wörterbuch hatte Mahris auch noch gekauft. Er legte das Buch behutsam auf unseren wackligen Küchentisch. Das Lametta hängte er an die Fenstergriffe und an die Glühbirne. »Wie Weihnachten«, meinte er.

»Es war aber doch eben gerade erst Mittsommer«, sagte ich.

Mittsommer hatten wir wie jedes Jahr mit unseren Marktfreunden auf dem Land gefeiert. Kränze aus Eichenlaub auf dem Kopf, Kümmelkäse, Singen und zu viel Bier, für Mahris wie immer nur Hagebuttentee, es war das volle Programm gewesen.

»Schön kann man es sich immer machen. Wie wir zum Beispiel gerade jetzt.«

Ich merkte, dass sich seine Laune wieder besserte, und wollte mich mit ihm nicht über Kleinigkeiten streiten. Mahris kochte Nudeln, goss sie ab, und weil er kein Sieb hatte, flutschten welche in den Ausguss. Wir hatten uns gerade vor die Tomatennudeln hingesetzt, als es gegenüber wieder losging. Ich lief zur Tür und erkannte den großen Nutzen eines Spions. Der Riese von vorhin und ein anderer Mann mit Stoppelhaaren standen im funzeligen Neonlicht des Flurs und hatten wieder einen Streit.

»Ich will mehr!«

»Unsinn«, sagte der Riese. »Dein Teil stimmt genau.« Die beiden standen ganz dicht voreinander. Dann schob sich Natascha aus der Tür. »Komm, Wowa, reg dich ab«, sagte sie und zog den Mann mit Stoppelhaaren weg. Der Riese schnaubte und drehte sich um, zischte ab Richtung Fahrstuhl. Jetzt erst sah ich, dass da noch jemand war. Charlie hatte still hinter dem Riesen gewartet. Er folgte Natascha wortlos und ließ die Tür hinter sich ins Schloss fallen.

5

Eigentlich soll man sich ja um seinen eigenen Kram kümmern, findet Mahris immer. Aber ich war viel zu neugierig, und ich versuchte, mir einen Reim auf unsere neuen Nachbarn zu machen. Die Männer verließen die Wohnung immer zu anderen Zeiten, Natascha wiederum nur ganz selten. Charlie musste immer sofort alles fallen lassen und mit dem Riesen wegfahren, wenn der auftauchte, stets unerwartet und wie aus dem Nichts, und statt etwas zu sagen, sah er Charlie nur an. Der Riese war kein Mann der vielen Worte, das merkte ich schnell.

Da Mahris auch viel unterwegs war – *es ist alles etwas schwieriger als gedacht, mach dir einen schönen Tag und nicht so viele Gedanken, ich hab das im Griff, viss būs labi* –, war ich oft allein. In der Wohnung gab es aber nichts zu tun. Mein Handy war inzwischen tot. Wie sich rausstellte, hatte Mahris unsere Abos bei der LMT gekündigt, und er kriegte es nicht auf die Reihe, für uns Prepaidkarten zu besorgen. Wie denn auch, wir hatten keine Peilung in dem neuen Land. Es ist ein wirklich komisches Gefühl, irgendwo zu sein, wo man nichts lesen und nichts verstehen kann, kein einziges Wort. Vor allem, wenn man sonst in verschiedenen Sprachen lesen, reden und sogar Witze machen kann.

Hier, wo wir gelandet waren, konnte kaum jemand eine von meinen Sprachen. Ich fragte Charlie danach. »Die Leute kommen von überall her«, klärte er mich auf. »Die können Türkisch und Arabisch und so.« Deutsch wurde natürlich auch gesprochen und nach einer Weile hatte ich es raus. Frauen mit Kopftüchern – arabisch. Männer mit Kinderwagen – deutsch. Frauen mit kurzen Haaren – deutsch. Männer vor Gläsern mit grünem Tee – arabisch.

Ich hatte noch nie so viele Leute aus verschiedenen Ländern gesehen, die an einem Ort zusammenleben. Zu Hause sortierte sich das anders. In Riga ist man russisch oder Lette, in der Altstadt Tourist und sowieso können alle Englisch.

Ich dachte an Frau Mironova, die uns mit ihrem Englisch getriezt hatte. *Mit der englischen Sprache liegt euch die Welt zu Füßen.* Von wegen. Mit der englischen Sprache konnte man nach Amerika und Irland fahren, dorthin, wo so viele unserer Nachbarn und Freunde jetzt arbeiteten, von Onkel Witold ganz zu schweigen. Aber Mahris wurde sofort sauer, wenn ich irgendwas in Sachen Amerika sagte.

Ich beschloss, die Sache bis auf Weiteres sportlich zu nehmen, und merkte mir die wichtigsten Wörter. Es gab chinesische, italienische und türkische Cafés. Die Geschäfte waren meistens arabisch, die Bäckereien deutsch. *Danke, Salem Aleikum, Brötchen.*

Ich hatte mir gerade ein Brötchen besorgt und biss hinein, als ich den ersten Tütenmann sah. Er hatte Löcher in den Schuhen und wühlte im Abfall. Wenn man mal den ersten Tütenmann gesehen hat, dann sind sie plötzlich überall, an Straßenkreuzungen und unter Brücken, unterwegs mit Flaschen und Rucksäcken und Einkaufswagen. Tütenfrauen waren natürlich auch dabei. Es waren nicht wenige Tütenleute und sie sahen genauso aus wie in Riga. Das gab mir zu denken, denn Mahris war ja auch wegen der Tütenleute weggefahren: So was sollte uns nicht passieren. Es hatte aber keinen Zweck, ihn an diesen Tagen nach solchen Ungereimtheiten zu fragen, denn Mahris war nervös, suchte ständig seine Sandalen, und so hielt ich lieber den Mund.

Ich warf die Brötchentüte weg und schlenderte zurück. Quer über den Spielplatz, dann an dem Kiosk vorbei. Ein kleiner, dicker Mann saß hinter seinem Tresen und starrte mich misstrauisch an. Ich sah auf die Tageszeitung mit ihren großen Buchstaben. Versuchte sie zu entziffern. Die Bilder waren leichter: Jede Menge Leute rannten einem Zug hinterher. Sie hatten es eilig und es sah nicht nach so viel Spaß aus.

Unter der Tageszeitung klemmten die Comics. Ich

kaufte ein Donald-Duck-Heft und eine Packung Kaugummi, und dann waren von dem Geld, das Maja mir bei meinem letzten Besuch zugesteckt hatte, nur noch ein paar Münzen übrig.

An Nataschas Tür ging ich immer so langsam wie möglich vorbei. Hoffte, dass sie offen stand und dass sie mich zu sich aufs Sofa rufen würde. Dann versuchte ich meistens, was Lustiges zu sagen, um Natascha zum Lachen zu bringen. Eigentlich ist das Mahris' Spezialgebiet: Hatte ich erwähnt, dass er immer alle Leute zum Lachen bringt, besonders die Frauen?

Meistens war es aber ohnehin Natascha, die redete. Sie fragte mich ganz viel, bis sie fast alles über Mahris und mich wusste, wobei sie an manchen Stellen ganz von selbst lachte, obwohl ich ihr gar nichts Lustiges erzählt hatte.

An diesem Tag fragte sie mich, was ich denn gut könnte. Die Frage verwirrte mich. Ich starrte auf mein Comicheft, Donald Duck in der Badewanne mit Goldmünzen, und dabei fielen mir lauter Sachen auf einmal ein, die nichts miteinander zu tun hatten, Linksaußen verteidigen, süße Brotsuppe kochen, Majas Lieblingsgedicht von dem Mädchen auf dem kleinen Pony aufsagen, mich im Park anschleichen ...

»*Anschleichen*, so so«, sagte Natascha, und dann sollte

ich ihr zeigen, wie das geht. Sie stand sogar auf, was neu war, denn Natascha verließ ihr Sofa nur ungern. Sie zog mich in den Flur und holte den Aufzug. Ich wollte zu ihr in den Fahrstuhl steigen, aber sie ließ mich nicht rein, sondern sagte: »Treppe.«

Also trottete ich brav die Treppe runter.

Unten im Hof glänzte die Teppichstange in der Sonne. Ein Zug ratterte vorbei. Natascha führte mich zu dem Gebüsch. Ich dachte an meine Spiele mit Mahris von früher und schlich nun für Natascha über Stock und Stein. Ich bekam richtig Spaß an der Sache und konnte selbst merken, dass kein Zweiglein unter meinen Füßen knackte. Natascha pfiff leise und anerkennend durch ihre Schneidezähne, ein aufgeklebter Brillant funkelte in der Sonne.

Auch das fühlte sich gut an. Ihr Pfeifen, meine ich.

Dann gingen wir wieder nach oben und Natascha blieb vor ihrer Tür stehen. »Das ist ein großes Talent. Da musst du was draus machen«, sagte sie feierlich.

»*Was* soll ich machen?« Ich fragte mich, was Natascha wohl meinte.

In diesem Moment setzte sich der Fahrstuhl ruckelnd in Bewegung. Die Tür quietschte, und heraus kam ein kleiner Mann, der mir irgendwie bekannt vorkam. Er ging schnurstracks auf unsere Wohnungstür zu und klopfte.

»Hier wohne ich«, sagte ich. *Es te dzīvoju.* Ich hatte aus Versehen lettisch gesprochen.

Der Mann drehte sich zu uns um. Er begann auf mich einzureden, auf Deutsch, und so verstand ich natürlich auch nicht, was er sagte.

»Eure Miete«, übersetzte Natascha. »Die dreihundert Euro für Juli sind fällig.«

»Mahris ist nicht da«, sagte ich, und Natascha übersetzte zurück, und dann gab es einen Disput, und der Mann wurde laut. Natascha zuckte mit den Achseln, nahm ein zerknittertes Päckchen Zigaretten aus ihrer Hosentasche und zündete sich in aller Ruhe eine Zigarette an. Sie blies Rauch durch ihre Nase und dem Mann ins Gesicht. Er wartete. »Straßenköter«, sagte sie dann ganz langsam, aber sie sagte es auf Russisch und nur für mich. Dann ließ sie uns stehen und verschwand in ihrem Zimmer.

Der Typ begann, mich anzuschreien. Ich versuchte, das zu machen, was Mahris mir beigebracht hatte. Wenn andere Leute sich aufregen, ruhig bleiben. Wenn andere schreien, nicht zurückschreien. »Sie müssen warten, bis Mahris wiederkommt«, sagte ich so gelassen wie möglich. »Schreiben Sie mir Ihre Telefonnummer auf. Wir rufen Sie an. Es wird sich alles regeln, *viss būs labi.*«

Natascha tauchte wieder auf. Zigarette in der einen, drei Geldscheine in der anderen Hand. Es waren neue, frische grüne Einhunderteuroscheine, und ich glaubte zu hören, wie sie knisterten. Sie gab alles dem Typen. Der zählte nach. Das war eigentlich nicht so schwer, trotzdem verzählte er sich und fing wieder von vorne an. Natascha sah belustigt zu. Blies wieder den Rauch in seine Richtung. Der Typ knurrte sie an, dann steckte er das Geld ein und verschwand.

»Danke«, sagte ich.

»Nicht der Rede wert«, sagte Natascha.

»Ich gebe Mahris Bescheid«, sagte ich.

»Hat Zeit«, sagte Natascha.

»Er zahlt es zurück.«

»Ist gut.«

Mit zitternden Händen schloss ich die Tür auf. Ich ging in die Küche, suchte und fand den Umschlag, in dem Mahris unser Reisegeld aufbewahrte.

Der Umschlag war leer.

6

»Übrigens, der Typ von neulich war da. Er wollte die Miete für Juli kassieren. Hat er dann auch gemacht. Natascha hat alles vorgestreckt.«

»Ach herrje«, murmelte Mahris. »Hab ich ganz vergessen. Wie viel war es denn?«

»Dreihundert.«

»*Drei*hundert? Na gut. Ich kümmere mich.«

Mahris legte ein Blatt Basilikum auf die Gnocci, die uns Majas Pelmeni ersetzten. Das ist jetzt falsch gesagt: die uns über den erheblichen Verlust von Majas selbst gekneteten Pelmeni hinwegtrösten sollten. Majas Pelmeni kann man nicht ersetzen.

»Das wird schon, ich habe nämlich Arbeit gefunden.«

Der Stein von meinem Herzen polterte laut auf den Küchenboden.

»Ich musste mir sogar neue Schuhe besorgen. Und einen Blaumann. Und einen Helm. Steht alles da drüben.« Mahris wies mit dem Kinn in die Richtung einiger Plastiktaschen, die er neben der Heizung abgestellt hatte. Dann kramte er in seiner Hosentasche und gab mir fünf Euro.

»Klingt nach Baustelle.«

»*Ist* eine Baustelle. Ich werde wohl erst mal ein paar Sachen schleppen. Verputzen könnte später kommen.«

Verputzen war gut. Ich wusste, dass Mahris das richtig gut konnte. Vor allem machte er das gerne. Beim Sachenschleppen war ich mir nicht so sicher. Aber Mahris war aufgeräumt. Er freute sich über seinen Erfolg und steckte mich schließlich mit seiner guten Laune an. Beim Abwasch warf Mahris Teller in die Luft und fing sie wieder auf. Wir sangen das Lied vom *Wind, der weht* zweistimmig und so laut, dass das Heimweh gar keine Chance hatte. »*Pūt, vējiņi!*«, schmetterte Mahris. »*Dzen laiviņu!*«, fiel ich ein. Wir sind beide begeisterte Sänger, was damit zu tun hat, dass wir eigentlich immer schon zusammen gesungen haben.

Ein Lette singt, denn der Gesang liegt in der Tradition unseres Volkes, das sagt auch Frau Mironova, die es in dieser Hinsicht kaum zu stören scheint, dass sie nur zur Hälfte Lettin ist. (Ihre andere Hälfte ist russisch, aber warum das so ist, daraus machte sie immer ein großes Geheimnis.)

In Sachen Gesang gibt es sowieso wenige Unterschiede in den Meinungen der Leute, die für meine Erziehung zuständig sind. Maja ist eine großartige Sängerin, sie singt allerdings nur Kirchenlieder. Frau Mironova singt am liebsten Soul. Mahris und ich singen laut, manchmal auch falsch und meistens alte Volkslieder.

Wir gingen früh schlafen, denn Mahris wollte zeitig aufstehen. Glücklicherweise hatten wir unsere Augenklappen eingepackt. Auch in Deutschland sind die Sommerabende lang und auch diese Wohnung hatte keine Vorhänge. Wir murmelten uns mehrfach »Gute Nacht« zu, *ar labunakti,* aber ich konnte nicht einschlafen. Mir ging zu viel im Kopf rum.

»Mahris?«

»Jaa?«

»Bist du sicher, dass alles in Ordnung kommt? Mit dem Geld und so.«

»Klar bin ich sicher. Lass das mal meine Sorge sein. *Viss būs labi.*«

Wir versuchten es mit dem Schlafen. Ich drehte mich einmal um.

»Mahris?«

»Jaa?«

»Denkst du viel an zu Hause?«

Stille aus der Hängematte.

»Wieso?«

»Ich muss öfter dran denken.«

»Ach so. Na gut, ich auch.«

»Woran denkst du denn so besonders?«, fragte ich.

»Besonders, na ja, so besonders eigentlich an nichts. Hier ist es doch auch schön. Und wir sind zusammen, was will man mehr.«

Mahris gähnte, und kurze Zeit später konnte ich an seinem leisen Schnarchen hören, dass er eingeschlafen war.

Ich hörte kratzende Geräusche und dachte, es wären die Tauben auf unserem Dach. Ich schlug die Augen auf. Es waren keine Tauben. Es war auch nicht unser Dach, wir waren ja in Deutschland. »Psst«, sagte Mahris. Er war auf, stand im Flur und hatte das Auge an den Spion gedrückt.

»Was ist denn? Lass mich auch mal.« Ich schob Mahris beiseite. Stellte mich auf die Zehenspitzen. Vor unserer Tür gingen zwei vermummte Gestalten vorbei. Ganz in Schwarz. Sie hatten Skimasken auf dem Kopf, nur ihre Augen waren frei. Es erinnerte mich an *Ēnu spēles,* das ist Majas liebste Krimiserie im Fernsehen. Nur, das hier war kein Fernsehen! Die beiden Typen trugen was Schweres. Ich glaubte zu hören, wie sie keuchten. Sie liefen zum Ende das Gangs und wieder zurück zum Aufzug, beladen, abladen, so was, immer ging es hin und her.

»Wenn das mit rechten Dingen zugeht, heiße ich Rasputin«, flüsterte Mahris. Er schubste mich ungeduldig zur Seite.

»Wer ist Rasputin?«

»Rasputin ist dein Vater, wenn du über die Sache hier ein Sterbenswort verlierst.«

Mahris ließ von dem Spion ab und packte mich bei den Schultern.

»Kein Wort zu niemandem, verstehst du? Die beiden Jungs sind mir nicht geheuer. Wir kümmern uns um unsere eigenen Angelegenheiten. Verstanden?«

Mein Herz klopfte laut. Ich hatte zwar Schiss, aber ich war auch aufgeregt. Ich hätte zu gerne gewusst, was da draußen los war.

Mahris wartete auf meine Antwort.

»Verstanden«, flüsterte ich.

Wir schlichen zurück und legten uns wieder hin.

»Gute Nacht, Niks.«

»Gute Nacht, Mahris.«

Ar labunakti.

Kurze Zeit später summte Mahris' Wecker. Leise taperte er an mir vorbei und ging in die Küche, um sich die Zähne zu putzen. Kaffeeduft kitzelte mich in der Nase, dann fiel die Tür ins Schloss. Draußen meldete sich der erste Vogel.

Ich dachte an das, was wir in der Nacht gesehen hatten, und mein Herz klopfte schon wieder wie wild. Einer der beiden Männer war so riesig gewesen, dass eigentlich nur einer dafür infrage kam. Es musste der Riese aus Charlies Familie gewesen sein. Sein Vater, dachte ich. Der andere war dann wohl der Mann, mit dem der Riese immer Streit hatte. Er hieß Vladimir, das wusste ich inzwischen. Natascha nannte ihn Wowa. Ich hatte ihn immer nur kurz zu Gesicht bekommen, aber schon beschlossen, vorsichtig zu sein. Wegen des dunklen Backenbarts, der Muster auf sein Gesicht malte. Wegen des Schlangentattoos auf seinem Oberarm. Wegen seiner dicken Muskeln ... alles an Vladimir war gewaltig. Die Hanteln, über die ich am ersten Tag gestolpert war, gehörten sicher zu ihm. Er trug enge, ärmellose T-Shirts, unter denen seine Muskelpracht zur Geltung kam.

Vladimir war die Sorte Typ, mit der man sich besser nicht anlegte. Ich wusste das von zu Hause. Riga war auch in dieser Hinsicht übersichtlich. Typen wie Vladimir wohnten in der Moskauer Vorstadt und machten da ihr Ding. Leute wie Mahris, Maja und ich wohnten in der *Stabu iela* und in den angrenzenden Straßen. Wir machten dort unser Ding. Sollten sich die Wege von so verschiedenen Leuten wie uns einmal kreuzen, dann konnte man immer noch die Polizei rufen, die für Ordnung sorgte.

Hier in Deutschland war alles durcheinandergekommen. Hier wohnten wir alle unter dem einen Dach. Vladimir, der Riese, Natascha, Charlie, Mahris, ich ... von der großen Familie mit den dunkelhaarigen Kindern am Ende des Gangs ganz zu schweigen. Sie kamen aus anderen Ländern, waren vor einem Krieg geflohen. *Flüchtlinge,* sagte Natascha und stülpte ihre lipglossglänzende Unterlippe vor. An der Art, wie sie es sagte, merkte ich gleich, dass sie nicht viel von *Flüchtlingen* hielt. Ich konnte dazu nichts sagen, denn ich bekam meistens nur die Kinder zu

Gesicht. Die wenigen Frauen huschten immer schnell und verlegen an mir vorbei, schauten mich nicht an, viele trugen einen Schleier. Die Männer standen abends in kleinen Grüppchen unten vor dem Haus, redeten in ihren Sprachen und rauchten.

Unser Haus in der Linienstraße kommt mir rückblickend wie ein unsichtbarer Bahnhof vor. Aus allen Ecken der Welt waren wir dorthin gekommen, bunt zusammengewürfelt. Jeder wartete auf den einen Zug, der ihn dahin bringen sollte, wo er eigentlich hinwollte. Jeder hatte sein eigenes Ziel, sein eigenes Glück vor Augen. Nur die Wartezeit musste man miteinander teilen. Sich die Zeit irgendwie vertreiben. Die Kids mit ihren Spritzpistolen hatten es gut. Ihnen wurde es wenigstens nicht langweilig.

7

Charlie saß am nächsten Morgen draußen auf der Teppichstange. Er sah blass aus, war wortkarg und offensichtlich schlechter Laune. Ich hatte trotzdem das Gefühl, dass er sich freute, mich zu sehen.

»Hey.«

»Hey.«

»Harte Nacht gehabt?«

Charlie sah mich nachdenklich an. »Mmm.«

»Lass uns was Schönes machen. Wir könnten ...« Mir fielen lauter schöne Sachen ein, aber sie gehörten nicht hierher. Ich wusste nicht, wo ich hingehen könnte ... ich hatte keinen Plan.

»Kannst du eigentlich Skateboard fahren?« Das war mir rausgerutscht, irgendwie hatte ich gerade an den Kronvalda Park in Riga gedacht, wo man schöne große Kurven fahren kann. Springen kann man vor dem Kongresszentrum.

Skateboardfahren und -springen ist irgendwie gut, wenn einem sonst nichts einfällt. Wenn etwas Neues anfängt, wovon man noch nicht weiß, was es ist.

»Ja.«

»Hast du ein Skateboard?«

»Nein.«

Charlie warf seine Zigarette weg und sprang von der Teppichstange. »Aber wenn du Skateboard fahren willst, dann besorgen wir eben ein Skateboard.«

Wir liefen ziemlich lange. Rechts, links, eine Straße, eine Unterführung ... Ich war mir nicht sicher, ob ich den Weg zurück alleine finden würde. Dann kamen wir an einen großen Platz, auf dem viele Jungs Skateboard fuhren, Sprünge machten, Loopings übten. Ein paar Mädchen waren auch dabei. Helle, glatte Pflastersteine vor einem Einkaufszentrum, und da hinein führte Charlie mich jetzt. Glänzende Böden und glänzende Decken. Unser Spiegelbild in den Schaufenstern, ein großer, blonder, dünner (Charlie) und ein kleiner, nicht so dünner, dunkelhaariger Junge (Niks) liefen im Gleichschritt nebeneinanderher. Wer einen Beweis dafür haben will, dass Freundschaft mit dem Äußeren gar nichts zu tun hat, der kann uns jetzt zusehen, wie wir hier laufen.

»Charlie?«

Ich sah mich um. Charlie war verschwunden. Ich drehte mich um meine Achse. Kein Charlie. Ich checkte noch einmal die Schaufenster. Lief ein Stück hoch, ein Stück runter. Kein Charlie, nirgends. Ich überlegte kurz und fand, dass es am sichersten wäre, vor dem Eingang des Einkaufszentrums auf ihn zu warten. Ich ging ein paar Schritte ... wühlte mich durch die Einkäufer hier ... und dann war er wieder da. Charlie trug ein Skateboard unter dem Arm, beachtete mich scheinbar nicht, machte große Schritte. Ich lief ihm hinterher. Er bahnte sich einen Weg durch die Menge, die sich zu teilen schien, als liefe Jesus durch sie hindurch. Charlie gelangte nach draußen, ohne jemanden zu schubsen oder zu berühren. Dann standen wir wieder auf dem hellen Platz.

»So«, sagte Charlie, als wäre nichts gewesen, und schälte das Skateboard aus seiner Verpackung. Es war nagelneu. Ein ultraleichtes Wizzard, Charlie machte keine halben Sachen.

»Charlie ...«

Er stieß das Skateboard an und es rollte mir entgegen. Alle Fragen waren in meinem Kopf. Meine Füße machten aber ihr eigenes Ding. Ich sprang auf das Board, die Räder setzten mit einem satten Schmatzen auf dem Boden auf. Ich spürte, wie gut es sich fahren ließ. Aus den Augenwinkeln sah ich, dass Charlie ein herumliegendes Skateboard aufgehoben hatte. Ein Junge wedelte mit den Armen, aber Charlie fuhr ihm vor der Nase davon. Wir ließen den Platz hinter uns. Der Asphalt flimmerte in der Hitze. Es war so gut, dass ich alles um mich herum vergaß. Alles, außer mich zu fragen, wieso Charlie so vieles konnte und alles so gerne machte, was mir selber Spaß machte. Ich fuhr und sprang und fuhr, bis sich die Welt drehte.

Natürlich fragte ich Charlie später, wo er das Wizzard so schnell herbekommen hatte, aber er schüttelte nur den Kopf. Als wir fertig waren, gab er seinem Brett einen Tritt und meinte, er hätte jetzt Hunger. Ich fragte ihn, was ich mit meinem Skateboard machen sollte. Charlie gähnte. »Mitnehmen ... hierlassen ... wie du willst.« Da gab auch ich meinem Brett einen Tritt. Es rollte in einer eleganten Kurve weg und blieb vor einem Abfalleimer stehen.

Nachmittags kam Mahris heim. Er war so müde, dass er gar nichts essen wollte. Er lag in seiner Hängematte und stöhnte. Ich machte ihm einen Kaffee und das weckte Mahris' Lebensgeister wieder. Er sagte, es wäre eine sehr große Baustelle und dass er sicher für mehrere Wochen Arbeit haben würde. Er wäre nicht mehr so ganz auf der Höhe, was schwere körperliche Arbeit anginge, aber das würde sich schon regeln. Er fände sicher schnell zu seiner alten Form zurück, sagte Mahris. »Mach dir keine Sorgen, *Viss būs labi.*«

Später dachten wir uns ein neues Spiel aus. Wir schlugen eine Seite in dem deutsch-lettischen Wörterbuch auf. Einer suchte das längste deutsche Wort, und dann musste der andere raten, was das Wort wohl bedeutete. Mahris gefiel dieses Spiel, und er mochte alle möglichen Wörter gerne: *Nacheiszeitlich* oder *katapultieren* oder *Pauschalreise*. Aber dann kam das Wort *Unglücksrabe*, und da stand Mahris auf und sagte, er wollte jetzt doch lieber wieder in seine Hängematte gehen.

8

Vladimir brannte mit meinem Donald-Duck-Heft durch. Ich suchte es unter meiner Matratze, schaute in der Küche nach, unter dem wackeligen Tisch, an dem wir immer super gewaschen frühstückten. Unter großem Einsatz: Man musste im Pyjama über den Flur laufen, möglichst noch bevor irgendjemand sonst unterwegs war. Dann mit nassen Haaren und Handtüchern zurück in die Wohnung. Das war die Zeit, in der hinter den anderen Türen Familiendispute, Kochtopfklappern, Kindergeschrei und Radiostimmen den Tag einläuteten. Frauen habe ich morgens im Bad nie gesehen. Schon gar nicht Natascha. Ich habe keine Ahnung, wo Natascha ihren Glanz und ihren guten Duft immer herhatte.

Ich klopfte an der Tür von gegenüber, machte vorsichtig auf und da hockte Vladimir im Sessel und grübelte über Entenhausen.

»Gib das her, das ist meins«, sagte ich.

»Ist meins«, echote Vladimir.

»*Wowa*«, sagte Natascha.

»Meins.«

»Gib das sofort zurück«, sagte Natascha und zerrte an dem Comic. Ihr Goldkettchen wippte. Dann hielt sie das meiste und Vladimir noch eine Seite in der Hand. Sie gab mir das große Heftstück und jetzt schmollte Vladimir.

»Ist schon gut«, sagte ich und reichte ihm das Heft zurück. (Ich hatte mir sowieso nur die Bilder angeschaut.)

»Echt jetzt?«, fragte Natascha. Valdimir legte das Heft säuberlich neben sich auf der Armlehne ab. Dann stand er auf, holte aus und gab mir einen Schlag auf die Schulter. Ich ging in die Knie. Vladimir half mir auf und hielt mir eine riesige Pranke hin. Worte waren wohl nicht so sein Ding. Ich interpretierte die Situation so: Vladimir bot mir seine Freundschaft an. Das Schlangentattoo tanzte über seine Muskeln. Ich warf meine Bedenken über Bord. Ich schlug ein, auch wegen Natascha, die alles genau beobachtet hatte und die sich jetzt mächtig freute.

Vladimir beschäftigte mich. Ich beschloss, Charlie zu fragen.

»Was ist eigentlich mit Vladimir los?«

Charlie und ich saßen auf der Teppichstange. Ich suchte nach den richtigen Worten. »Ist er …« Ich kam nicht weiter. Wie fragt man nach, wenn man glaubt, dass ein Typ unterbelichtet ist? Irgendwie ballaballa, nicht alle Tassen im Schrank? *Wir Letten sind ein tolerantes und integratives Volk. Wir schließen niemanden aus wegen seiner geisti-*

gen, körperlichen oder religiösen Eigenheiten, so klang es prompt in meinem Ohr.

»Du meinst, weil er irgendwie ballaballa ist? Nicht alle Tassen im Schrank?« Charlie warf seinen Zigarettenstummel weg. Ein Stück trockenes Gras fing an zu glimmen. Es hatte seit Tagen nicht geregnet. Charlie trat mit dem Fuß drauf. »Ich sollte nicht so viel rauchen.« Er ließ sich Zeit.

»Sagen wir es so. Wenn Vladimir so klug wäre, wie er stark ist, müsste man sich um ihn keine Sorgen machen. Das ist er aber nicht. Und deswegen machen wir uns schon manchmal Sorgen.«

»Sorgen?«

»Ja. Dass er den Weg nicht zurück nach Hause findet. Dass er aus Versehen eine Straßenbahn in seiner linken Hand zerquetscht. Dass er von der Polizei eingebuchtet wird, weil man ihn mit einem richtigen Schlägertypen verwechselt.«

Der letzte Satz gab mir zu denken.

Charlie schien meine Gedanken zu lesen.

»Vladimir ist der netteste Kerl der Welt. Solange man ihn nicht reizt. Er ist sehr stark, weißt du. Und er wird absolut wild, wenn er meint, dass jemand mir oder Natascha was Böses will. Jemand wie Vladimir ist eine große Verantwortung. Deshalb will Natascha ihn auch bald heiraten. Sie sagt, dass sie sonst keine ruhige Minute hat, wenn sie nicht weiß, wo er steckt.«

Ich starrte Charlie an. *Heiraten?* Den eigenen Bruder?

»Was los?«, fragte Charlie.

»Ich dachte ... Vladimir ist nicht euer Bruder?«

»Vladimir ist *mein* Bruder. Sieht man doch«, sagte Charlie und grinste.

Ich sah keine Spur von Ähnlichkeit zwischen den beiden. Obwohl, die spitzen Ohren, die dicht zusammenstehenden grünen Augen ...

»Es kommt immer drauf an, wonach man sucht, wenn man jemanden anschaut«, sagte Charlie. Er schaute einem Hund hinterher, der gerade einen dicken Haufen auf den Bürgersteig gesetzt hatte. Kniff die Augen zusammen. Sah mich beim nächsten Satz nicht an.

»Unser Alter hat Vladimir immer die Treppe runtergeworfen. Wahrscheinlich hat er deshalb einen Dachschaden. Oder einen *Treppen*schaden, wie man's nimmt.«

Charlie schob seelenruhig den Ärmel seines Sweatshirts hoch und zeigte mir seinen Unterarm. Es war ein kräftiger Unterarm, mit Adern, die in seinen Muskeln tanzten, und mir wurde jetzt klar, dass auch Charlie ganz schön stark sein musste. Auf den Muskeln schimmerten kleine violette Narben. Charlie zog jetzt sein T-Shirt hoch und zeigte einen flachen Bauch. Mit noch mehr Narben. Er deutete auf eine unterhalb des Bauchnabels. »Das war die letzte Zigarette, die unser Alter auf mir ausgedrückt hat. Dann hat Natascha uns rausgeholt.«

Ich wusste nicht, was ich dazu sagen sollte. Wollte doch etwas sagen und dann fuhr der alte Kadett vor. Der Riese saß am Steuer. Vladimir auf dem Beifahrersitz. Ich kannte die Szene schon, wusste, wie es weitergehen würde. Kofferraum auf, Sporttaschen raus, Treppe hoch ... Was der Unterschied zwischen den Taschen tags und den Taschen nachts war, das wusste ich nicht. Was in den Taschen war, wusste ich ebenfalls nicht, jedenfalls nicht genau – aber ich dachte mir meinen Teil.

In Charlie kam Bewegung. Er sprang die Teppichstange runter.

»Und der Riese, ich meine, der sehr große Typ da drüben ...«

»*Yuri*. Yuri ist Nataschas Vater. Yuri ist unser Stiefvater.«

Wie immer machten die drei den Kofferraum zügig und fast geräuschlos auf. Charlie zeigte auf mich und sagte etwas. Der Riese sah in meine Richtung. Dann winkte er mich zu sich. Zögernd setzte ich mich in Bewegung. Widerstand der Versuchung, jetzt auf meine Füße zu schauen. Yuri musterte mich aus grauen Augen. Ich hielt dem Blick stand. Das war eine ziemlich ungemütliche Angelegenheit. Dann nickte er und drückte mir eine Tasche in die Hand. Ich trug sie zum Haus. Schnaufte, sie war ganz schön schwer. Ich machte die Eingangstür auf, tastete nach dem Lichtschalter. Eine Tasche mit zwei Reißverschlüssen, einer war nicht ganz zu. Ich half ein kleines bisschen nach. Die Tasche öffnete sich etwas mehr. Darin lagen Laptops und Handys, mehrere Portemonnaies, eine Schmuckschatulle, alles wild durcheinander. Ich wollte die Tasche jetzt dringend loswerden. Nahm die Treppen, immer zwei Stufen auf einmal. Stellte die Tasche keuchend vor Nataschas Tür ab, die sich wie bei unserer ersten Begegnung leise öffnete.

»Ah, Niks«, sagte Natascha. Sie nahm die Tasche entgegen. Ich drehte mich um, wollte dringend weg, da stand der Riese vor mir. Er hielt mir einen Geldschein hin.

Einen Zwanzigeuroschein, so schön und so sauber. Einen Schein, von dem ich nicht sicher sagen konnte, was man hier damit kaufen konnte, wie viele Gnocci und wie viele Tüten Milch für meinen Kakao. Aber für einen Einkauf in Riga hätte dieser Schein gut gereicht. Man hätte den Tütenleuten noch was abgeben können. Der Schein schwebte vor meiner Nase. Ich könnte ihn jederzeit heimlich in Mahris' Umschlag stecken und so tun, als sei der nie leer geworden.

»Das war doch nichts«, sagte ich. »Ich helfe euch doch gerne.«

Natascha verlor die Geduld. Sie nahm den Schein und drückte ihn mir in die Hand. »Ist deiner, Kleiner«, sagte sie, und dann fiel die Tür ins Schloss.

Am Abend war Mahris sehr gesprächig. Er merkte gar nicht, dass ich dafür umso weniger sagte. Mahris zählte seine Schwielen, *nichts geht über ehrliche Arbeit*, und packte wieder Tüten aus.

Dann lieh er sich von gegenüber einen Hammer, schlug einen Nagel in die Küchenwand. Auf dem Bild, das er aufhängte, leuchtete der schiefe Turm von Pisa. Mahris hatte auch einen grünen Lampenschirm gekauft, der nun unsere Küche in ein ebensolches Licht tauchte. »Für unser ganz persönliches lettisches, baltisches Feeling«, sagte er. »Fast wie zu Hause.« Er fing an zu singen, *My Star* von den *Brainstorms*, packte mich, wirbelte mich durch den Flur und in das Schlafzimmer und fragte mich, ob ich eigentlich schon mal mit einem Mädchen getanzt hätte?

Ich machte mich los. Das war nun absolut der falsche Zeitpunkt. Und das falsche Thema. Ich versuchte gerade mit der Nachricht fertigzuwerden, dass das erste und einzige Mädchen, für das ich mich je interessiert hatte, vergeben war. Natascha war genau genommen schon kein Mädchen mehr, sie war ziemlich viel älter als ich, bestimmt schon 18 oder 19. Demnächst würde sie einen echten Muskelprotz heiraten, dem ich nie das Wasser reichen könnte. Ich kickte das Kissen von meiner Matratze.

»Hey«, sagte Mahris. »Ist ja gut.« Er kratzte sich am Kopf. Dachte nach. »Ich weiß was«, sagte er dann. »Lass uns Maja anrufen.« Er zückte sein Handy, und dann ging ihm auf, dass auch sein Guthaben alle war. »Tja, na gut, wir gehen raus zum Telefonieren.«

Die Wärme der Straße schlug mir entgegen.

Ich merkte, dass auch Mahris schon etliche Straßen kannte, er lief zielstrebig und ohne zu zögern, hielt irgendwann vor einer Telefonzelle. Warf Münzen ein und wählte Majas Nummer. Er hielt mir den Hörer hin.

Sie war sofort am Apparat.

»Maja, hier ist Niks.«

Maja fing sofort an zu schimpfen. »Ich mache mir solche Sorgen um euch. Ihr dummen Jungen, kommt sofort zurück.«

»Maja …«

»Wenn ihr euch nicht *sofort* zurück nach Riga schafft, lasse ich euch suchen.« Jetzt schniefte Maja.

Ich schielte nach Mahris, der sichtlich verlegen neben mir stand. Ich hatte keine Ahnung, was er Maja von unserer Reise nach Deutschland erzählt hatte.

»Maja, uns geht es *super,* wirklich. Und wir kommen bald zurück. Mach dir keine Sorgen. *Viss būs labi.*«

Es gelang mir tatsächlich, sie zu beruhigen. Es war das erste Mal, dass ich einen Menschen tröstete, von dem *ich* sonst immer getröstet worden war. Dann ratterten die Münzen durch und es machte nur noch tut-tut-tut aus dem Hörer.

Auf dem Rückweg hatte ich das Gefühl, es würde eine

andere Person in mir drinstecken. War das so mit dem Großwerden, dass die anderen Leute plötzlich wichtiger waren als man selbst? Dass man sie tröstete, wenn sie Sorgen hatten, und dass man die eigenen Sorgen vor ihnen versteckte?

Mahris wollte ich diese Frage nicht stellen. Jedenfalls nicht an diesem Abend. Er war nicht ansprechbar, das konnte ich sehen an der Art, wie er seine Finger knetete.

Vor der Haustür spielten die Zwerge Krieg. Wir wurden beide nass. Mahris schnappte sich eine der Wasserpistolen und schoss zurück. Es gab Gelächter und Geschrei. Dann zauberte Mahris drei Flummis aus seinen Taschen, jonglierte, ließ sie über seine Arme rollen und wieder verschwinden. Schokoriegel hatte er auch. Wir nahmen die Kids Huckepack und tobten mit ihnen, bis es dunkel wurde. Alles andere war vergessen.

Es war das Beste, was ich mit Mahris seit unserer Ankunft in Deutschland gemacht hatte.

9

Ich langweilte mich oft und gründlich, aber davon soll hier nicht die Rede sein. Wegen der vielen Hinweise, die Frau Mironova uns zur *guten Literatur* gegeben hatte, weiß ich, dass Langeweile zwar täglich stattfindet, dass man über sie aber nicht viel liest. *Gute Literatur ist wie ein Leben, aus dem man die Langeweile rausgeschnitten hat.* Macht Sinn, denn Geschichten sind ja dazu da, dass man sich *nicht* langweilt.

Wenn ich mich langweilte, strich ich ums Haus, zählte die Züge, die vorüberfuhren, ging zum Spielplatz oder zurück, kaufte nach Mahris' Wünschen beim Gemüsehändler ein oder lernte noch mehr deutsche Wörter, *Sonderangebot* oder *Tomaten* oder *Flüchtlingskrise* (das stand immer vorne in der Zeitung).

Wenn ich mich langweilte, war ich immer besonders froh, Charlie zu sehen. »Komm, wir ziehen los«, sagte er an diesem späten Nachmittag im Juli. Ich hatte keine Ahnung, was er wollte, aber mir war so wahnsinnig sterbenslangweilig, dass ich mit Charlie um die halbe Welt gereist wäre. Der Asphalt war etwas weich unter unseren Füßen, so warm war es den ganzen Tag gewesen. Wir gingen durch ein paar Straßen, vorbei an einem Nagelstudio, in dem sich schöne Frauen die Nägel lackieren ließen. Natascha war eine von ihnen, sie hatte uns entdeckt und warf uns Luftküsse zu und da verlor ich den Überblick über alle Fragen meines Lebens.

Wir nahmen die Straßenbahn. Aber nur kurz, dann schubste Charlie mich zur Tür. »Fahrscheinkontrolle«, flüsterte er. *Kontrol'*.

»Wo?«, fragte ich. Ich konnte nichts Besonderes erkennen. Charlie zeigte auf eine Frau mit einer lila Jacke und kurzen Haaren. Kurz darauf ließ sie sich von einigen Leuten die Fahrausweise zeigen. Wie hatte Charlie das gewusst? Bei uns in Riga tragen die Kontrolleure eine blaue Uniform. So kann man sie direkt erkennen. Wenn sie in die Bahn steigen, fangen alle Leute an, in ihren Taschen zu kramen.

»Ganz einfach«, sagte Charlie. »Niemals hinsetzen in einer Bahn. Deine Augen sind überall. Sie sehen alles, vor allem das, was nicht auffällt.«

Ich gab mir einen Ruck und fragte Charlie endlich, was ich schon lange wissen wollte. Wie schaffte er es, von einer Sekunde zur nächsten zu verschwinden? Irgendwie ... *unsichtbar* zu werden, so wie damals im Einkaufszentrum?

Charlie ließ sich Zeit mit der Antwort. Dann sagte er, das Unsichtbarwerden sei vor allem *eine Frage der Einstellung und des guten Blicks*. »Du musst lernen zu sehen, was die anderen sehen. Dann musst du dahin gehen, wo sie nicht hinschauen werden.«

»Und wie weiß ich, wohin sie nicht schauen?«

Charlie dachte nach. »Na ja, es gibt ein paar Klassiker. Notausgänge, Unterführungen, Schaufenster, Spiegelsäulen und so. Die funktionieren fast immer, weil nie jemand hinguckt oder weil alles verschwimmt. Am helllichten Tag auf einem leeren Bürgersteig verschwinden ist auch möglich. Aber dazu brauchst du viel Übung.«

Ich wollte an Ort und Stelle anfangen, all das zu lernen, was Charlie konnte. »Immer mit der Ruhe«, sagte Charlie und grinste.

Wir steuerten auf eine Uferstraße zu, dahinter lag glitzernd der Rhein. Hier tummelten sich unzählige Menschen, verliebte Paare, Fahrradfahrer, Eisverkäufer und Skater. Viel mehr Leute als auf der Promenade in Riga, die ist richtig einsam im Vergleich. Manchmal steht dort niemand außer dem Christophorus, der immer mit gleicher Miene über die Daugava guckt. »Das ist, weil er Fernweh hat«, hat Mahris mir mal gesagt. Also, hier war richtig viel los. Ich glaube, das liegt daran, dass die Deutschen viel Freizeit haben. Und sie haben viel Geld, um sich ihre freie Zeit schön zu machen.

Charlie zeigte auf ein gläsernes Café und sagte, er würde kurz wegschauen, ich sollte hier irgendwo verschwinden. Glasscheiben seien gut geeignet wegen der Spiegelung. Er machte die Augen zu, ich rannte los. Glasscheibe kam gar nicht infrage, denn hier würde Charlie als Erstes nachschauen. Ich presste mich hinter eine der Säulen, die das Vordach des Cafés trugen. Machte mich dünn, hielt die Luft an. Hörte mein eigenes Blut rauschen, als würde ich eine von Majas Muscheln ans Ohr pressen.

Charlie kam lächelnd und schnurstracks auf mich zu. »Hab ich vergessen zu sagen«, murmelte er entschuldigend. »Zum Verschwinden brauchst du anständige Schuhe. Mit deinen Booten am Fuß bist du so auffällig wie ein rosa Nilpferd auf einem Pausenhof.« Er lachte und ich lachte mit und dann konnten wir nicht mehr aufhören. Es war gar nicht so witzig gewesen, was er gesagt hatte, aber Charlies Lachen war einfach superansteckend, man denkt an nichts mehr und will einfach weiterlachen, wenn Charlie lacht.

Dann fasste er mich an den Schultern und drehte mich um. Auf der anderen Seite des Flusses kreiste ein Riesenrad. »Los«, sagte Charlie. »Verschwinden können wir später. Jetzt haben wir eine Verabredung.«

Wir zwängten uns durch die Menschenmenge auf der Kirmes, umkreisten Achterbahnen, Wasserrutschen, Geisterbahnen. Bunte Lichter blinkten uns entgegen. Es gab Stände mit Zuckerwatte, mit Bratwürsten, mit gebrannten Mandeln. Es gab Geschubse und Gedränge, die ganze

Stadt musste auf den Beinen sein. Ich blieb kurz stehen, um einem Mann zuzusehen, der sich mit dem Lukas abmühte. Die Nadel zitterte bei 95 Kilo. Ich stieß Charlie an. »Hier müssten wir mal mit Vladimir vorbeikommen. Der würde wahrscheinlich den Lukas sprengen.«

»Hey, pass doch auf«, maulte der Mann neben mir. Es war nicht Charlie.

»Charlie?«

Charlie war weg. Ich sah in allen Richtungen. Kein Charlie. Ich wusste nicht, wohin. Setzte mich dann zögernd in Bewegung. Eine Menschenmenge drängte mir entgegen. Ich schloss kurz die Augen und überlegte. Wo würde Charlie denken, dass ich ihn am wenigsten suchte? Ich machte die Augen wieder auf. Drehte mich um. Sah zurück zum Lukas. Dort stand schon der nächste Mann, der den Hammer schwang. Direkt hinter ihm stand Charlie und zog ihm in aller Ruhe sein Portemonnaie aus der Gesäßtasche.

Das Portemonnaie räumte Charlie hinter dem Toilettenhäuschen aus. Es waren Plastikkarten drin und ein Ausweis, er warf alles ins Gebüsch. Die Geldscheine ließ er kurz zwischen seinen Fingern ratschen. Er zählte und strahlte mich an. »Das reicht für einen schönen Abend.«

»Charlie …«

»Was ist?«

»Nichts. Ich meine, es ist nicht unser Geld.«

»Jetzt ist es unseres.«

»Nein. Es gehört uns nicht. Du hast es gerade gestohlen, dem Mann da drüben.« Ich sah noch, wie der Typ vom Lukas sich kurz verbeugte und dann in der Menge verschwand. Offensichtlich hatte er noch nicht einmal gemerkt, dass ihm sein Portemonnaie abhandengekommen war.

Charlie starrte mich an, als hätte ich was auf Chinesisch gesagt. Es passte ihm nicht, was ich da sagte. Das merkte ich genau. Ich konnte es auch hören, an der Art, wie er jetzt redete.

»Jetzt pass mal gut auf, Niks«, sagte Charlie langsam und ganz deutlich, so wie Mahris früher mit mir geredet hatte, wenn ich was ausgefressen hatte. »Das Geld auf der Welt gehört niemandem und allen. Es ist wie die Luft. Es ist genug da, es wandert hin und her, und wer es gerade hat, der hat es.«

»Geld ist nicht wie Luft, Geld gehört bestimmten Leuten und denen darf man es nicht wegnehmen.«

»Lass mal sehen.« Charlie nahm einen Fünfzigeuroschein und hielt ihn hoch. »BCE, ECB, EZB, EKT, EKP … ich glaube, das heißt Europäische Zentralbank. Der gehört der Schein, und du kannst sicher sein, die bekommt ihn zurück. Aber erst, nachdem wir uns damit einen Abend gemacht haben, den du nicht vergessen wirst.«

Bevor ich mich über Charlies Spitzfindigkeiten ärgern konnte, hatte er mich weitergezogen, hin zu einem Pizzastand. Er bestellte die teuerste und knusprigste Pizza. Wie immer hatte Charlie richtig geraten, ich hatte nämlich einen rasenden Hunger. Damit war der Schein angebrochen und der gute Moment vorbei, um weiter über Geld zu debattieren.

Wir stürzten uns ins Getümmel. *Power Tower, Break Dance, Alpina Bahn.* Klein und bunt lag die Stadt zu unseren Füßen. Von den Fährschiffen auf dem Fluss wehte Musik in Fetzen zu uns herüber. Als wir Riesenrad fuhren, wogten die Köpfe unter uns wie ein Meer. Ein glitzernder Luftballon hatte sich losgemacht und schwebte in den Abendhimmel, der sich pflaumenblau wie Majas Ausgehmantel über uns wölbte. Ich vermisste Maja und ich erzählte Charlie von ihr. Charlie sagte, jetzt helfe Zuckerwatte, und so war es dann auch.

Es war kurz vor Mitternacht, als wir wieder zu Hause waren, und es war der erste Abend, an dem ich dieses Wort dachte: *Zuhause*. So passiert es mit der Zeit, man gewöhnt sich, egal, wie schwer es fällt, an jeden neuen Ort. Das Fremde und das Zuhause tauschen die Plätze. Es ist wie Ankommen und Abfahren, wie Bahnhof und Endhaltestelle. Ich war gerade irgendwo dazwischen drin. Riga rutschte weg. Deutschland nach vorne.

Mahris saß in der Küche, trank seinen Gutenachttee und machte mir Vorhaltungen, weil es so spät war und weil ich ihm nicht Bescheid gesagt hatte, dass ich weggehen würde. Als ich erwiderte, dass ich schon seit Wochen kein Telefon mehr hätte, waren wir einem ersten Streit in Deutschland richtig nah. Doch dann wich der Ärger aus Mahris plötzlich raus wie die Luft aus einem platten Fahrradschlauch. Er nahm mich in den Arm. Sagte mir, wie sehr er mich liebte und dass er natürlich froh sei, wenn ich einen guten Freund gefunden hätte. Und er versprach hoch und heilig, sich um neue Prepaidkarten für unsere Handys zu kümmern.

Mahris ging zuerst Zähne putzen. Dann war ich dran. Als ich über den Flur zurückkam, ging plötzlich das Licht aus. Ich tastete nach einem der Lichtschalter, fand keinen. Dafür setzte sich der Fahrstuhl ruckelnd in Bewegung, hielt auf unserer Etage. Die Fahrstuhltür quietschte, ein schmaler Lichtstreifen fiel in den Flur. Ich machte zwei dunkle Gestalten im Fahrstuhl aus. Sie flüsterten, traten in den Flur, die Fahrstuhltür schloss sich. Es wurde wieder dunkel.

Ich konnte mehr ahnen als sehen, dass die beiden Männer Skimasken trugen. Einer der beiden war etwas kleiner und zog ein Bein nach, was ein scharrendes Geräusch verursachte. Jetzt glitt der schwache Schein eines Handys über den Fußboden, tastete sich die Wände entlang.

Ich drückte mich in den nächsten Türrahmen. Es war wie bei *Ēnu spēles*. Sehr unheimlich. Mein Herz klopfte viel zu laut, und ich hoffte, dass die beiden Gestalten es nicht hören konnten. Was auch immer sie auf unserer Etage suchten, sie würden wohl nicht so gerne gestört werden.

Der Lichtstrahl ihres Handys glitt weiter über den Fußboden. Leise gingen die Männer im Zickzack durch den Flur. Sie suchten was, so viel war klar. Vor den Türen der Flüchtlingsfamilien blieben sie stehen und horchten. Alles still. Sie standen jetzt ziemlich dicht vor mir. Doch der Lichtstrahl blieb auf einer bestimmten Stelle am Boden kleben. Beide Typen grunzten leise. Sie knieten sich hin, ich hörte Klopfen, dann einen dumpfen Schlag. Eine Weile passierte nichts, dann hörte ich ein Keuchen und eine leise Unterhaltung Ich spitzte die Ohren, konnte aber nichts verstehen. Die beiden sprachen Deutsch.

Dann richteten sie sich auf und gingen zurück in Richtung Fahrstuhl. Noch langsamer und leiser als vorher trugen sie scheinbar etwas Schweres. Vielleicht Sporttaschen ... was sonst?

Die beiden Vermummten gingen noch mehrmals hin und her, immer wieder schleppten sie ihre schwere Last Richtung Aufzug. Wenn sie an mir vorbeikamen, hielt ich den Atem an und zog den Bauch ein. Jetzt hörte ich wieder einen dumpfen Schlag, ich tippte auf eine Bodentür, die gerade zugefallen war.

Fahrstuhltür auf, Taschen rein, ja, es waren Taschen, das konnte ich jetzt sehen. Dann verschwanden die beiden Typen. Ich blieb mucksmäuschenstill. Der Aufzug setzte sich ruckelnd wieder in Bewegung. Ich blieb still stehen, hörte meinem Herzen zu, das sich langsam beruhigte. Dachte an Frau Mironovas Warnung, die allerdings auf Klassenarbeiten und nicht auf den Umgang mit Taschenräubern gemünzt war: *Die dümmsten Fehler macht man immer zum Schluss*. Unten jaulte der Motor eines Autos. Ein Nachtzug ratterte vorbei.

Ich habe keine Ahnung, wie viel Zeit vergangen war, als ich mich endlich aus meinem Versteck löste und die Tür zu unserer Wohnung aufmachte. Mahris schnarchte in seiner Hängematte. Ich schüttelte ihn. *Mhm?*, machte Mahris, und dann schnarchte er einfach weiter. Ich ließ ihn in Ruhe, weil er immer so fertig war von seiner Arbeit. Morgen würde ich ihm sagen, dass wir in einer Verbrechergeschichte wie aus den *Spēles Meistars* gelandet waren. Mit einem Unterschied. *Spēles Meistars* war ein Buch, und ich konnte hinten nachschauen, wenn ich wissen wollte, ob es gut ausging. Das hier war damals noch nicht aufgeschrieben, und ich konnte nicht hinten nachschauen. So war die Lage.

10

Ein Wutgeheul weckte mich. Es kam aus dem Flur, gehörte zu Vladimir, und was der entdeckt hatte, konnte ich mir gut vorstellen. Jetzt hörte ich Nataschas Stimme – »Heilige Maria, Mutter Gottes, Wowa, du weckst das ganze Haus auf.« Ich zog mir die Decke über die Ohren. Hörte die Tür gegenüber zuschlagen, gedämpfte Stimmen dahinter.

Dann konnte ich nicht mehr schlafen. 10.30 Uhr, sagte mein ansonsten nutzloses Handy, das ich aus alter Gewohnheit immer noch bei mir trug und immer wieder auflud. Ich musste aufs Klo und brachte das, so schnell es ging, hinter mich. Im Flur konnte ich nicht anders, ich blieb stehen und schaute mir die Stelle an, an der ein Viereck im Boden sichtbar war. Vorsichtig lupfte ich eine Ecke des Linoleums, tatsächlich, darunter war Holz. Es gab wirklich eine Falltür im Boden, unter der man Sporttaschen verstecken konnte.

Ich huschte in unsere Wohnung zurück, heute würde ich einen Teufel tun und mich irgendwo blicken lassen. Ich las noch einmal die *Spēles Meistars*. Viele Abenteuer bestehen und dann nach Hause fahren, das wär's!

Um halb drei stand ich auf und machte mir Spiegeleier

zum Frühstück. Danach schrieb ich Maja einen Brief, in dem ich ihr noch einmal von Deutschland vorschwärmte. Ich ging runter, um eine Briefmarke zu ziehen und den Brief einzuwerfen. Dunkle Wolken waren aufgezogen, in der Ferne grummelte es. Ich übte Dribbler und Kopfbälle im Hof. Gegen fünf kam Mahris. Schon von Weitem konnte ich an seinem Gang erkennen, dass etwas nicht stimmte.

Mahris ging schief, er sah aus wie eine gekippte Zwei. Er gab mir ein Zeichen. Ich rannte hin und erschrak. Mahris war weiß wie eine Wand, dicke Schweißperlen standen auf seiner Stirn.

»Was ist los?«

»Bin gestürzt«, sagte Mahris. »Hilf mir.« Seinen Arm trug er in einer Art Schlinge.

Ich stützte ihn und bugsierte ihn Richtung Haus. Es gab einen Auflauf vor der Tür, die Zwerge umringten uns, sie kicherten und machten die Wasserpistolen klar. Mahris, der Kinder wirklich gern mag, herrschte sie an. Die Kids wurden still, so hatten sie Mahris noch nie erlebt. Ich rief den Aufzug und kurze Zeit später lag Mahris auf meiner Matratze und krümmte sich. Mit der Hand hielt er seine Schulter. Ich bekam es mit der Angst zu tun.

Es klopfte an unsere Tür. Ich vergaß, durch den Spion zu schauen, und machte einfach auf. »Hallo, hallo«, sagte Natascha. So als wäre es ganz selbstverständlich, dass sie in unser Zimmer kam, dabei war es das erste Mal. Ich trat zur Seite. Sie spazierte einfach herein.

»Ich wollte mal schauen, was bei euch so los ist.«

»Wir brauchen einen Arzt!«, sagte ich.

»Einen Arzt, soso.« Natascha beugte sich über Mahris. Er wollte ihre Hand wegschlagen, aber Natascha öffnete sein Hemd mit schnellen Fingern. Sie betastete ihn. Mahris schrie vor Schmerzen. »Schulter ausgerenkt«, sagte Natascha. Sie ging und dann kam Vladimir rein. Er hob Mahris einfach so auf, als wäre er ein Hündchen, und trug ihn aus unserem Zimmer.

Drüben legte Vladimir Mahris auf die Couch, auf der sonst immer Natascha saß. Dann ging alles sehr schnell. Der Riese kam dazu und knackte mit seinen Fingern. Er flößte Mahris einen Schnaps ein, knüllte einen Waschlappen zusammen und steckte ihm den zwischen die Zähne. Dann hob er seinen Fuß, es sah aus, als ob er Mahris treten wollte, tatsächlich stemmte er ihn gegen die Couch. Gleichzeitig zog er Mahris an seinem Arm. Ich hörte ein dumpfes Knochengeräusch und sofort war es still in dem Wohnzimmer.

Zwei Leute waren in Ohnmacht gefallen. Mahris war der eine.

Der Riese rieb sich die Hände.

»Mann, Wowa, echt, nicht jetzt schon wieder«, sagte Natascha. Sie rannte in die Küche, kam mit einem Topf wieder und kippte kaltes Wasser über ihren Verlobten. Der prustete und kam langsam wieder zur Besinnung.

»Er kann kein Blut sehen und keine Knochen hören«, erklärte Natascha. »Deswegen ist er auch kein Boxer. Sonst hätte er den Klitschkos lange schon gezeigt, wo es langgeht. Wowa, alles klar?«

Ich fand Mahris irgendwie wichtiger, niemand schien sich um ihn zu kümmern. Ich schüttelte Mahris. Er wurde wach und kotzte über die schöne Couch.

»Heilige Maria, Mutter Gottes. Raus jetzt, alle miteinander«, schimpfte Natascha.

Mahris ging am nächsten Tag nicht zur Baustelle und am übernächsten auch nicht. Er lag die meiste Zeit still auf meiner Matratze. Ich kochte ihm Tee und machte ihm Essen. Ich tat lauter Dinge, um in seiner Nähe zu sein. Ich las ihm sogar aus den *Spēles Meistars* vor. *Es war das Jahr, in dem Kristian seinen eigenen Rekord brach in der Aufklärung von mysteriösen und geheimnisvollen Angelegenheiten. Er kümmerte sich um den weißen Bart des Nikolaus und darum, wie Fliegen in den Bernstein gelangten …*

Schwer zu sagen, ob meine Worte Mahris erreichten. Ich redete viel, über dies und das, nur nicht über eines: Von den beiden Typen mit den Skimasken erzählte ich kein Sterbenswörtchen, ich wollte warten, bis es Mahris wieder besser ginge. Auch sonst redeten wir um den heißen Brei rum, um das, was irgendwann gesagt werden musste. Deutschland war ein Reinfall. *Viss būs labi* sagte Mahris schon lange nicht mehr. Es war Zeit, zurückzugehen. In diesem Moment klingelte tatsächlich Mahris' Telefon! Am anderen Ende war Onkel Witold, der wissen wollte, was los war. Ich schwärmte Witold vor, wie sagenhaft *schön* Deutschland sei und dass wir richtig Glück gehabt hätten. Ich sagte, dass Mahris so viel Geld verdiente, dass wir ihn sicher bald in den USA besuchen kämen. Als ich Mahris das Telefon zurückgab, schimmerte in seinen Augen Dankbarkeit.

Mahris bekam am nächsten Tag Fieber und wurde gar nicht mehr richtig wach. Ich war froh, dass Charlie zu Hause war.

Charlie warf einen kurzen Blick auf Mahris, verschwand und statt seiner kam Natascha wieder. Sie hatte ein rotes Kleid angezogen, das ich noch nie an ihr gesehen hatte, und sie hatte etwas mit ihren Haaren gemacht. Um ihren Hals lag die Goldkette und an den Ohren baumelten große Ringe. Sie trug hohe Schuhe. Sie sah aus wie die schönste Frau, die man sich nur vorstellen kann. Ich mochte gar nicht mehr wegschauen. Natascha fing meinen Blick auf, räusperte sich und dann kam Vladimir ins Zimmer. Er hob Mahris wieder kommentarlos hoch und warf ihn sich über die Schulter. Mahris seufzte. Vladimir nahm den Aufzug, wir die Treppe. Natascha setzte sich ans Steuer des zerbeulten Kadett.

Mahris hatte seinen Kopf in meinem Schoß. Er redete wirres Zeug. Natascha sagte kein Wort. Als wir unser Ziel erreicht hatten, sah sie sich kurz um, steuerte dann auf eine Tür mit einem roten Kreuz zu. Dahinter war ein langer Gang, auf dem fahrbare Betten standen. Wir waren in einem Krankenhaus. Vladimir legte Mahris einfach auf einem der Betten ab. Ein Arzt kam und blieb wie angewurzelt stehen, bekam große Augen, als er Natascha sah. Sie zeigte auf Mahris und sagte etwas auf Deutsch. Der Arzt schüttelte den Kopf. Natascha wurde energisch. Jetzt verschwand der Arzt, brachte einen anderen mit. Es gab noch mehr Kopfschütteln, weitere Verhandlungen. Ich verstand die Worte nicht, aber die Botschaft war unmissverständlich: Sie wollten sich nicht um Mahris kümmern. Ich hatte wenig Erfahrung mit Krankenhäusern, weil ich nur ein Mal in einem gewesen war, und das war, als Maja eine Blinddarmentzündung gehabt hatte. Sonst kannte ich mich nicht aus, auch nicht mit Ärzten. *Leute wie wir bleiben lieber gesund*, das ist so ein Mahris-Satz.

Gerade wurde es still. Die Ärzte sahen erst einander, dann Natascha an. Sie hatte offensichtlich etwas gesagt, was die beiden aus dem Konzept brachte. Eine Schwester kam, gab Mahris eine Spritze, schob sein Bett weg.

Hey, sagte ich und wollte hinterherlaufen. Natascha hielt mich fest. Dann mussten wir alle in einem anderen Zimmer warten, in dem Fotos hingen mit schneebedeckten Bergspitzen, die im Sonnenuntergang glühten. Dann kam wieder eine Schwester, sie brachte Röntgenaufnahmen und ein Formular. Natascha zückte einen goldenen Stift und füllte es aus. Dann nahm sie einen weißen Umschlag aus ihrer Handtasche und zählte, ohne mit der Wimper zu zucken, richtig viele Hunderteuroscheine auf den Tisch. Es war vollkommen still im Zimmer. Natascha zündete sich eine Zigarette an, wurde offenbar gebeten, das zu lassen. Sie schnaubte, schickte weiße Wölkchen durch ihre Nasenlöcher. Dann drückte sie betont langsam ihre Zigarette in einem Kaffeebecher aus. Als wir das Krankenhaus verließen, trug sie ihren Kopf sehr hoch. Vladimir und ich trotteten hinter ihr her. Die Ärzte standen Spalier und eine Krankenschwester hielt uns die Tür auf.

Draußen wuschelte Natascha mir durch das Haar.

»Merk dir eins, Nikolajewitsch. Ohne Geld bist du in dieser Welt ein Dreck. *Mit* Geld bist du ein König.«

Ich war so erschöpft, dass mir die Beine zitterten.

»Was ist denn nun mit Mahris?«

»Schlüsselbeinbruch. Klang ziemlich kompliziert. Splitter und so. Aber die kriegen das hin. Bald hast du deinen Vater wieder.«

11

Die nächsten Tage und Wochen waren einsam, vor allem, wenn Charlie weg war. Charlie konnte tagelang verschwinden, dann bekam ich ihn kaum zu Gesicht. Weil ich aber lieber bei ihm war, begleitete ich ihn immer öfter. Ohne dass ich viel fragte, brachte er mir allerlei Kniffe bei. Ich wusste jetzt, warum Äpfel nicht wegrollten, auch wenn er den untersten nahm, und ich hatte verstanden, dass eine Menschenmenge oder Zwielicht die beste Zeit war für Portemonnaies. Koffer und Zahlenschlösser konnte man mit einer Haarnadel knacken. Kleinere Einbrüche (nicht Charlies Zuständigkeit) und Erkundungsgänge konnten bei Tag erfolgen. Größere Raubzüge seiner Familie fanden mitten am Tag oder nachts statt. Mir gefiel das alles nicht. Ich konnte mir auch gut vorstellen, was Mahris oder Frau Mironova zu dem Thema Einbruch sagen würden, von Maja ganz zu schweigen.

Aber die Dinge lagen, wie sie lagen. Nataschas Satz war ein Echo: *Ohne Geld bist du in dieser Welt ein Dreck.*

Außerdem, ich *liebte* das Verschwinden. Auch wenn das ein Teil der ganzen üblen Geschäfte war. Ich verschwand furchtbar gerne und übte wie verrückt. Was Charlie zum

Lachen brachte. »Niks, wenn du so weitermachst, finde ich dich bald überhaupt nicht mehr.« Ich hatte mir fürs Verschwinden ein paar alte Schuhe von Charlie geliehen, und die trug ich auch an dem Tag, an dem alles anders wurde.

Wir waren mal wieder in der Straßenbahn unterwegs, und gerade waren zwei junge Frauen eingestiegen. Sie redeten die ganze Zeit. Sie sahen genau richtig aus, nach viel Geld, und sie hatten glänzende, duftende Haare. Eine hatte eine goldene Uhr am Arm. Das sah ich, als sie den Arm ausstreckte, um in eine der Halteschlaufen zu fassen. Die Bahn ruckelte und die beiden wurden in meine Richtung geschubst. Charlie sah mich unverwandt an. Dieser Blick machte etwas mit mir. Charlie war mein Freund, er würde jederzeit alles für mich tun. Auf meinem Kopf kribbelte es wie auf einem Ameisenhaufen. Ich war näher dran an den beiden Frauen als Charlie.

Als sich die eine Frau von mir wegdrehte, um der anderen etwas ins Ohr zu flüstern, hing ihre Schultertasche direkt vor meiner Nase. Mein Herz klopfte. Ich wusste alles über Schnapp-, Reiß- und Druckverschlüsse. Schnapper waren im Gedränge günstig, aber es waren nicht viele Leute hier in der Bahn.

Jetzt lachten die beiden Frauen, der Taschenarm wackelte. Dabei öffnete sich die Tasche, einfach so, als wollte sie mich einladen. Charlie nickte leicht – oder bildete ich mir das nur ein?

Ich sah das Portemonnaie. Es war schmal und aus glänzendem schwarzem Leder. Es sah ganz sauber aus, hatte keine abgestoßenen Ecken oder so. Es schmiegte sich sofort an, als ich vorsichtig in die Handtasche hineinfasste.

Die beiden Frauen hatten nichts gemerkt, sie schwatzten munter weiter. Ich steckte das Portemonnaie in meinen linken Ärmel. Die Bahn hielt. Wir stiegen zügig, aber ohne zu rennen aus. Schnell gehen, aber nie rennen. Unsichtbar werden, hinter der nächsten Straßenecke verschwinden. Ich reichte Charlie das Portemonnaie. Merkte, dass nicht nur meine Hand, sondern auch meine Knie zitterten.

Dreihundert Euro waren darin. Die großen grünen Scheine, die Natascha ganz besonders mochte, die sie immer in einer Zigarettenschachtel aufbewahrte. Das war für uns eine ganze Monatsmiete. Charlie pfiff durch die Zähne. Er nahm die Scheine. Den ganzen Rest, Ausweise, Papiere und so, warf er ins Gebüsch. Ein glänzendes Medaillon und ein Foto fielen mir vor die Füße. Ich bückte mich und wollte beide einstecken.

Charlie hielt meinen Arm fest. »Nimm nie was Persönliches mit«, sagte er. Dann hielt er mir einen der Scheine hin.

»Nein«, sagte ich. »Das will ich nicht.«

Charlie zuckte mit den Achseln und steckte das Geld in seine Hosentasche.

Später brach Charlie einen der Scheine an. Er kaufte Kebabs und ich entdeckte im Regal meine liebsten Lakritzfische. Ein paar Münzen hatte ich noch, die reichten aus. Wir gingen zum Fluss. Es war ein schöner Tag, das Gras am Fluss war gemäht worden. Es roch gut nach Sommer und Wärme. Wir legten uns auf den Rücken. Die Sonne malte rote Kreise in meine Augen.

»Was willst du denn machen, wenn ihr hier in Deutschland fertig seid?«, fragte Charlie.

»Zurückgehen natürlich. Und du?«

Charlie gähnte. »Keine Ahnung. Wir bleiben bis zum Winter und dann sehen wir weiter. Natascha will ans Meer, den Rosinen beim Wachsen zusehen. Krim oder so.«

Von der Krim hatte ich gehört, dorthin gingen die reichen Russen. Dort hatten sie Villen und Schiffe und noch mehr Geld als die, die im Sommer nach Jūrmala kamen.

»Weißt du, bei uns zu Hause mag niemand die Russen.«

»Wir mögen ja auch keine Letten.«

»Weil die Russen so viel Geld haben.«

»Weil die Letten immer alles besser wissen.« Charlie gähnte. »Aber du nicht. Du bist in Ordnung.«

»Ich finde auch, dass du ...«

Ich wollte Charlie sagen, dass er der beste Freund war,

den ich je gehabt hatte. Ich traute mich nicht. Sagte stattdessen:

»Also, ich bin gerne mit dir unterwegs.«

Schwer zu sagen, ob Charlie mich überhaupt gehört hatte. Er lag im Gras und hielt seine Augen geschlossen. Seine Lider zuckten, und ich fragte mich, ob er einfach eingeschlafen war. Ich wollte noch viel wissen, ich wollte alles wissen von Charlie.

»Charlie?«

»Mmm?«

»War das schon immer so bei euch? Mal hier, mal da, im Sommer Deutschland, im Winter woanders?«

»Es ist schon lange so.«

»Aber ... dann hast du ja gar kein Zuhause.« Ich sah unsere Dachwohnung in der *Stabu* vor mir, der Staub tanzte in schrägen Streifen durch Sonnenstrahlen, die durch die Dachfenster fielen. Ich sah es so deutlich vor meinem inneren Auge, dass ich sofort genau da hinfahren wollte. Mahris fehlte mir in diesem Augenblick sehr.

Charlie antwortete nicht. Er lag ganz still.

»Charlie?«

Ruckartig setzte er sich auf. Ich spürte seinen Blick.

»Weißt du, Niks, es gibt zwei Sorten von Leuten. Es gibt Leute, die gehören irgendwohin. Und es gibt Leute, die gehören nirgendwohin. Oder sie haben mal irgendwo hingehört, aber gehören jetzt nirgendwo mehr hin. Normalerweise wollen sie in Ruhe gelassen werden. Man sollte sie nicht zu viel fragen. Vor allem brauchen sie keine Klugscheißer.«

Ich kam ebenfalls hoch. »Charlie, ich …«

»Hör zu, Niks. Wenn dein Vater wieder gesund ist, solltet ihr so schnell wie möglich nach Hause fahren. Ihr solltet dorthin verschwinden, wo ihr hergekommen seid. Ihr seid nämlich kein bisschen gemacht für das Leben unterwegs. Ihr seid viel zu nett … und ihr habt einfach keine Ahnung. Vor allem *du* hast überhaupt keine Ahnung.«

Charlie hatte noch nie so mit mir geredet. Ich spürte, wie mir die Tränen in die Augen stiegen. Was hatte ich falsch gemacht? Ich senkte den Kopf und machte mich an der Tüte mit Lakritzfischen zu schaffen. Stopfte mir zwei in den Mund, erinnerte mich dann an meine gute Kinderstube. Ich hielt Charlie die Tüte hin.

Er wollte ablehnen, langte dann doch zu. Kaute wütend. Würgte. Griff sich an den Hals und spuckte aus. »Scheiße, Erdnuss«, keuchte Charlie, und dann bekam sein Gesicht Flecken.

Was es mit Spurenelementen und Allergikern auf sich hatte, das wusste ich. Frau Mironova hatte uns nämlich gründlich über die Gefahren informiert, die den modernen Menschen in seinem Alltag auflauern: *Computerviren, abendliche Einsamkeit und Allergene.*

Für den Erdnussallergiker genügen winzigste Mengen Erdnuss und schon ist er futsch. Die Schleimhäute schwellen an und er bekommt keine Luft mehr, er kann ersticken. Charlie wälzte sich im Gras, er röchelte, seine Augen traten hervor und ich konnte die Todesangst in ihnen sehen.

Ich sprang auf, rannte schreiend und gestikulierend auf zwei Spaziergänger zu, die mit einem Hund unterwegs waren. *Dying*, schrie ich. *My friend is dying.* Während die beiden hektisch telefonierten, sprintete ich zurück zu Charlie. *Schsch*, sagte ich zu ihm wie Natascha vor Kurzem zu mir. »Alles wird gut, Charlie.« Ich riss mir mein T-Shirt vom Leib, legte es unter seinen Kopf. Dann legte ich ihm die Beine hoch. *Sichere Lage*. Charlie bäumte sich auf und wollte sich losreißen, doch ich drückte ihn zu Boden. Dafür brauchte ich all meine Kraft und hoffte, dass ich das Richtige tat. Ich betete sogar, zum ersten Mal seit vielen Jahren. *Lieber Gott, wenn es dich gibt, dann lass Charlie nicht sterben.*

Dann hörte ich die Sirene. Es klang anders als der Krankenwagen zu Hause, *Ta-Tü* statt *Uiuiuiuiui*, aber ich war mir trotzdem sicher, dass es genau das war. Der Wagen hielt mit quietschenden Reifen. Zwei Notärzte sprinteten auf uns zu, sie schubsten mich weg, knieten neben Charlie, leuchteten in seine Augen, drückten seine Zunge runter, damit er sich nicht blutig biss. Mir stellten sie dabei schnelle Fragen, die ich natürlich nicht verstand. Ich schwenkte die Lakritztüte und sagte: *Peanuts*. Die beiden nickten und dann nahm einer eine Spritze aus seinem Koffer. Charlie röchelte noch einmal auf, dann verlor er das Bewusstsein. Die beiden Ärzte holten eine Trage, sie luden Charlie in den Krankenwagen.

Wait for me, schrie ich, und tatsächlich ließen sie mich einsteigen. Ich saß auf einem Klappsitz neben Charlie, der nun eine Atemmaske auf dem Gesicht hatte. Er war ganz weiß, aber die Flecken waren verschwunden, und er atmete wieder ruhig. Ich nahm seine Hand, sie war kalt und feucht. In diesem Augenblick verstand ich, wie gern ich Charlie hatte. Charlie war mir jetzt, nach Mahris und Maja natürlich, der liebste Mensch auf der Welt. (An Natascha, die auch irgendwie auf diese Liste gehörte, dachte ich in diesem Moment gar nicht.)

Dann dachte ich doch an Natascha. Mit zitternden Händen griff ich nach meinem Handy, wollte sie anrufen, erinnerte mich, dass ich keine Nummer von Natascha hatte. Ich hatte gute Lust, mein Handy einfach wegzuwerfen. Stattdessen schleuderte ich die Lakritze weit von mir weg, als sich die Heckklappe wieder öffnete.

Wieder saß ich in einem Wartezimmer. Es war ein anderes Zimmer, Topfpflanzen statt glühender Bergspitzen. War es ein anderes Zimmer im selben Krankenhaus oder war es ein anderes Krankenhaus? Wie sollte ich das rauskriegen? Ich kam nicht mehr mit, es passierte einfach zu viel auf einmal. Erst die beiden Typen mit ihren Skimasken in unserem Flur. Dann Mahris' Unfall, seine Schulter, das Krankenhaus, das Portemonnaie in der Straßenbahn, mein Streit mit Charlie und nun der Lakritzfisch, alles *zack zack zack* hintereinander. Ich fühlte mich wie eines dieser Fischlein in den Bächen von Tukums, die immer ganz panisch werden, wenn mein Schatten auf sie fällt, die dann wie wild hin und her flitzen und einen Platz suchen, an dem sie sich verstecken können. Ich spürte einen solchen Schatten über mir. Aber es gab kein Versteck, nirgends. Es ging mir auch hundsmiserabel wegen der Sache mit dem Portemonnaie. Hatte ich es wirklich ... *gestohlen*? Oder hatte Charlie es gestohlen, weil *er* ja das Geld genommen hatte; ich hatte ihm das Portemonnaie nur gegeben, nur *angereicht*, gewissermaßen. Ich hatte wie im Traum gehandelt, es hatte sich so angefühlt, als hätte Charlie eine Fernsteuerung für mich in seiner Tasche gehabt.

Ich hatte ... hatte ...

Auf einmal war ich sehr müde. Am liebsten hätte ich mich hingelegt und wäre auf der Stelle eingeschlafen. Aber ich wusste, ich konnte jetzt nicht schlappmachen. Ich wollte mich zusammenreißen, denn Charlie brauchte mich jetzt in diesem Augenblick noch mehr als Mahris.

Ich wusste ja, dass Ärzte in Krankenhäusern Ausweise und Adressen und Versicherungskarten verlangten. Alles Dinge, das hatte mir Natascha erklärt, mit denen die Bewohner in unserem Haus in der Linienstraße eher spärlich ausgestattet waren. »Leute wie wir haben entweder zu viele Ausweise, die sind dann alle gefälscht. Oder sie haben gar keine. Mit beidem sollte man sich nicht erwischen lassen.« Was auch immer bei Charlie der Fall war, ich musste zusehen, dass er wieder nach Hause kam, bevor jemand zu viele Fragen stellen konnte.

Auf Zehenspitzen ging ich aus dem Wartezimmer. Schlich durch eine Halle, in der Ärzte mit Klemmbrettern und Schwestern durcheinanderliefen. Ein Krankenpfleger schob einen Teewagen an mir vorbei. Ich folgte ihm, denn wenn er den Kranken Essen bringen wollte, müsste er irgendwann zu Charlie kommen. Eine Glastür öffnete sich leise auf Knopfdruck. Der Pfleger schob den Wagen wortlos durch. Ich folgte ihm in einigem Abstand, und wirklich, er bog in einen Gang ein, in dem die Krankenzimmer lagen. Als er die Tür zum ersten Zimmer öffnete, schlich ich an ihm vorbei und linste hinein. Zwei alte Frauen lagen in dem Zimmer. Ich ging weiter. Im nächsten sah ich eine Mutter mit einem Kind, im übernächsten einen Mann mit einem gestreiften Bademantel.

Im letzten Zimmer fand ich Charlie. Er befreite sich

gerade in aller Seelenruhe von Schläuchen und Nadeln, mit denen er versorgt war. Er drückte seinen Zeigefinger auf eine Einstichstelle im Unterarm und sagte, ohne mich anzusehen: »Endlich. Da bist du ja. Ich dachte schon, ich müsste ganz alleine aus dem Laden hier abhauen.«

12

Später sagte Charlie, es gäbe zwei Wege, wie man von einem *besten* zum *allerbesten* Freund wurde.

Der eine wäre, wenn einer versuchen würde, den anderen umzubringen, und sich die beiden danach verzeihten. Der zweite Weg wäre, wenn einer dem anderen das Leben retten würde. In unserem Fall, feixte Charlie, träfe (wegen der Lakritzfische) beides zu: »Deswegen sind wir jetzt beste *und* allerbeste Freunde.«

Mein Herz hüpfte. So etwas hatte noch nie jemand zu mir gesagt. Und es war Charlie, der das gerade gesagt hatte! Ich beschloss, in Sachen Russen alles anders zu machen, wenn ich wieder in Riga wäre. Ich würde alle Welt wissen lassen, was für wunderbare Freunde man unter den Russen finden könnte. Außerdem würde ich die größte und dickste Kerze kaufen, die ich finden könnte, nein, ich würde *zwei* der dicksten und größten Kerzen kaufen. Ich würde mit Maja in die Alexander-Nevski Kathedrale fahren und die Kerzen vor unseren Lieblingsikonen aufstellen. Meine kannte ich schon ewig, seit ich klein war und Maja mich noch an ihrer Hand hielt. Alles lange her, und eigentlich glaubte ich inzwischen genauso wenig an Gott wie Mahris, der immer sagt, dass es auf die *Menschen* ankomme und nicht auf den *Lieben Gott*, wenn man die Welt besser machen will. Aber jetzt, fand ich, hatte ich allen Grund, dem *Lieben Gott* zu danken, denn ich hatte ihn ja gerufen. Und er hatte mich gehört. Mir die Spaziergänger geschickt und den Krankenwagen.

Meine Lieblingsikone ist übrigens klein, und sie zeigt den heiligen Georg, wie er den Drachen tötet. Was mir an dieser Ikone besonders gefällt, ist das Schloss, das im Hintergrund steht, davor sieht man eine winzige Prinzessin in einem roten Kleid, sie ist so klein, dass man die Augen zusammenkneifen muss, wenn man sie sehen will, aber sie ist ganz sicher da, und ich habe mich immer gefragt, was sie da macht. Ob sie wartet oder die Daumen drückt oder den heiligen Georg anfeuert?

Die zweite Kerze wäre für Maja und wahrscheinlich würde sie ihre vor der Ikone mit der Geburt der heiligen Maria aufstellen. Neben dem Seitenausgang links steht diese Ikone, und als ich Maja mal gefragt habe, warum sie vor dieser Ikone immer so lange betet, sagte sie: »Weil sie mich daran erinnert, dass auch die wichtigsten Leute mal klein angefangen haben.«

So weit war ich mit meinen Gedanken gekommen, als Natascha in meiner Tür erschien und sagte, ich sollte mal rüberkommen, es gäbe was zu besprechen.

Es war dunkel im Zimmer gegenüber. Alle standen um den Tisch, eine Lampe warf einen Lichtkreis. Nataschas Familie machte für mich Platz, und so konnte ich auf die Zeichnung schauen, die alle so gebannt anstarrten. Es war der Plan eines Hauses, Fassade, Rückseite, oberes Stockwerk und ein Keller. Ich kannte solche Hauspläne von Mahris' Arbeiten, er hat ja in der *Alberta iela* alles Mögliche gemacht. Aber dieser Plan war nicht so sorgfältig gemalt wie die Pläne der alten Häuser von Riga, in denen Mahris Leitungen verlegt, alte Kamine repariert und Decken verziert hatte. Dies war eher eine Skizze als eine fertige Zeichnung. Jetzt zeigte Nataschas Vater auf zwei Fenster im Erdgeschoss, die nach hinten rausgingen. Es gab ein längliches Fenster und darauf ruhte jetzt ein dicker Zeigefinger mit vielen schwarzen Haaren. An der gleichen Hand trug Yuri einen schweren goldenen Siegelring mit einem Vogel darauf, der mir noch nie aufgefallen war. Ich suchte Charlies Blick und bemerkte, dass er unruhig von einem Fuß auf den anderen trat. Ich überlegte, was das für ein Vogel sein mochte. Er hatte einen dicken Schnabel ... ein Rabe vielleicht? Und es fiel mir ein, dass ich den Vogel doch schon gesehen hatte.

»Dieses Fenster«, sagte der Riese jetzt. »Oder dieses hier.« Sein Finger wanderte weiter. »Wenn sie gleich groß sind, können wir auch dieses nehmen.«

Alle schwiegen. Warteten ab. Sahen mich an.

»Natascha hat mir erzählt, dass du dich gut *anschleichen* kannst«, sagte ihr Vater jetzt.

Ich nickte.

»Ich will, dass du dieses Haus für mich auskundschaftest. Ich will wissen, wie groß die Fenster sind. Und ob es irgendwo da hinten noch eine Tür gibt. Wenn ja, ob sie offen oder vernagelt ist.«

So viel hatte ich den Riesen noch nie zu mir sagen hören. Genau genommen konnte ich mich nicht erinnern, ob er überhaupt jemals das Wort direkt an mich gerichtet hatte.

»Was habt ihr denn vor, wenn ihr das alles wisst?«, fragte ich. Ich konnte mir das wohl denken, aber ich wollte Zeit gewinnen.

Der Riese sah mich an. »Ja oder nein?«, fragte er.

Die Situation ließ nicht besonders viel Spielraum. Ich dachte an Mahris und daran, was Natascha alles für Mahris getan hatte.

»Klar doch, geht in Ordnung«, murmelte ich. »Fenster oder Tür, geht alles klar.«

»Ich weiß nicht, ob das eine gute Idee ist«, warf Charlie ein. »Niks ist nicht so einer wie wir. Niks ist ...« Er brachte den Satz nicht zu Ende, denn der Riese sah ihn an. Zog dabei eine Augenbraue hoch.

»Halt dich da raus«, herrschte er Charlie an. »Wir fahren in einer Stunde.« Mir hielt er seine riesige Pranke hin.

»Du gehörst jetzt zu uns. Wer zu uns gehört, ist ein Sorokin. *Einmal ein Sorokin, immer ein Sorokin.*«

Was blieb mir anderes übrig? Ich schlug ein. Und wusste nun, dass der Vogel, den ich auf dem Ring gesehen hatte, eine Elster war. *Sorokin* kommt von Elster, und das fand ich passend, denn ich wusste aus den vielen Märchen, die Maja mir früher vorgelesen hatte, dass die Elster ein diebischer Vogel ist. Und dass sie alles liebt, was glänzt.

Der Motor des alten Kadetts lief schon, als ich nach unten ging. Vladimir saß am Steuer. Charlie muss irgendwo im Dunkeln gewartet haben, er tauchte plötzlich neben mir auf. »Hey, pass auf dich auf«, sagte er. »Mach dich dünn, wenn etwas Unvorhergesehenes passiert.« Dann gab er mir einen Klaps auf die Schulter und verschwand. Im selben Moment hörte ich in der Ferne ein leises Donnergrollen; es war den ganzen Tag über sehr heiß gewesen, und ich hatte an den Wolken erkennen können, dass sich ein Gewitter aufbaute. *Es gibt Federwolken, Turmwolken und Haufenwolken*, sagte Frau Mironova in meinem Kopf. *Wenn ihr Haufenwolken seht, sollt ihr einen Schirm einpacken.*

Ich fing an, wie ein Irrer zu lachen.

Ich machte die Beifahrertür auf und setzte mich neben Vladimir. Es war meine zweite Fahrt in diesem Auto, beim letzten Mal hatte ich auf der Rückbank gesessen und Mahris' Kopf in meinem Schoß gehabt. Das hier war ganz klar kein Auto für Spazierfahrten. Man war mit ihm entweder auf Beutezug oder man fuhr kranke Leute durch die Gegend, oder man schaute sich an, in welches Haus man demnächst einbrechen könnte. Es war ein fieses Auto. In meinem Kopf schwammen lauter Sätze. Alles Sachen, die ich nicht wirklich an meine Freunde schicken würde. *Fahr nie in einem Opel nach Popel. Lieber im Jaguar nach Pamplona.* Vladimir sagte die ganze Zeit kein Wort – nicht dass er sonst der gesprächigste Typ der Welt gewesen wäre.

Wir verließen die Linienstraße, vorbei am Bäcker und am Spielplatz, ließen den Bahnhof rechts liegen, fuhren über die Brücke, sahen die Lichter in den Bürohäusern am Flussufer blinken. Die andere Seite der Stadt, das wusste ich von meinen Streifzügen mit Charlie, war die Seite mit den schicken Häusern. Hier war die Bahnlinie, in der Charlie ... in der *ich* den beiden jungen Frauen das Portemonnaie gestohlen hatte.

Vladimir fuhr durch die stillen Straßen, ich sah alte Laternen, die Licht auf das nächtliche Pflaster warfen, und dachte, wie sehr all dies Mahris gefallen würde. Auf einmal vermisste ich Mahris noch viel mehr als tagsüber. Ich würde das hier auf jeden Fall durchziehen, das war das

Wort, das mir in den Kopf kam, *durchziehen*. Und dann, wenn Mahris wieder gesund wäre, würde ich ihm alles erzählen, was mit mir und Charlie und seiner Familie passiert war. Und ihm sagen, dass wir dringend wieder nach Hause müssten! Charlie würden wir mitnehmen, er könnte bei uns wohnen und in eine russische Schule und mit mir in die Rīgas Futbola Skola gehen. Ich spazierte in meinen Wünschen umher wie im Wöhrmannschen Garten und merkte erst jetzt, dass die Gegend schon wieder anders aussah.

Wir hatten die schönen alten Häuser hinter uns gelassen, die Straßen wurden breiter, die Häuser niedriger, ein Fabrikgebäude tauchte auf, dann ein Kraftwerk. Vladimir bog ab in eine Seitenstraße, brachte den Kadett zum Stehen und stellte das Licht aus. »Aussteigen«, sagte er. »Den Rest machen wir zu Fuß.«

Wir befanden uns in einer halbrunden Straße mit kleinen Häusern, einige wenige Fenster waren noch hell. Ich hatte keine Ahnung, wie spät es war. In jedem Fall sehr spät. Hinter hellen, Fenstern lagen vielleicht Omas, die Schlafstörungen hatten, so wie Maja. Oder ... ehrlich gesagt hatte ich keine Ahnung, wer in Deutschland nachts so lange auf war und was derjenige vorhatte. In Riga hätte vielleicht noch eine Lehrerin wie Frau Mironova in ihrem Armsessel über schlauen Büchern gesessen, sich ihren

Kaugummi in die andere Backe und ihre Brille hoch auf die Nase geschoben. Sogar Frau Mironova vermisste ich jetzt, und das schreibe ich auf, obwohl ich weiß, dass sie all das lesen wird.

Bleibt zu klären, wie man sich fühlt, wenn man in einem fremden Land mit Räubern durch dunkle Straßen schleicht und eine sichere Vorahnung hat, dass all das keine gute Idee war. Ich kam mir vor wie eine Fliege, die auf dem Faden eines Spinnennetzes gelandet ist. Sie denkt bestimmt, dass sie jederzeit wegfliegen kann, die kleine Fliege, aber dann stellt sie fest, dass ihre winzigen Fliegenfüße schon eine ganze Weile festkleben an dem Faden. Sie ruckelt und ruckelt und ruckelt, und das macht es alles nur noch schlimmer, denn ...

Plötzlich schepperte es gewaltig. Ich war versehentlich gegen eine Blechdose getreten. »Pass doch auf«, herrschte Vladimir mich an und schüttelte mich. »Aua«, sagte ich. »Schnauze«, sagte Vladimir, der jetzt im Auftragsmodus war. Er hielt meinen Arm in seiner Pranke wie in einem Schraubstock. Klarer Fall, Vladimir würde mich ohne große Kompromisse dort abliefern, wo ich seiner Meinung nach hinsollte.

Es war von vorne ein niedriges Haus mit Tür, einem großen Rollladen links, einem vergitterten Fenster rechts. Neben dem Haus war eine Garage, dann kam schon gleich das nächste Haus. Auf der anderen Seite stand blickdichtes, hohes Gebüsch. Vladimir schien zu warten. Sein Auftrag war, mich zu begleiten – aber *ich* musste mir was einfallen lassen. »Wir müssen nach hinten«, flüsterte ich, und endlich lockerte Vladimir seinen Griff.

Wir umrundeten das Haus. Vladimir zückte eine schmale Taschenlampe, leuchtete erst auf den dunklen Asphalt, dann langsam, sehr langsam bewegte er den Lichtstrahl höher. Hinter einem niedrigen Zaun schwieg uns ein Garten an. Es war ein friedliches Bild, und es passte so gar nicht zu dem, was hier gleich passieren sollte. Wahrscheinlich sind das alles Apfelbäume. Ich dachte an Majas schönen Garten in Tukums. An die Äpfel, die wir dort im August immer pflückten. Der Schatten einer Fledermaus zischte an uns vorbei. Ich drehte mich zu Vladimir um und zuckte zusammen. Vladimir hatte sich eine Skimaske übergezogen. Er sagte nichts mehr, sondern sah mich aus den hellen, runden Augenlöchern unverwandt an. Ich spürte seinen Blick mehr, als dass ich ihn sah. Es war wie damals mit Charlie in der Bahn. Der Blick war mein Kommando. Meine Kopfhaut kribbelte. Dann nickte Vladimir mir kaum merklich zu. Er machte die Taschenlampe aus und reichte sie mir. Ich nahm die Lampe. Drehte mich um und machte einen Schritt auf den Zaun zu.

Meine Erfahrung mit Zäunen habe ich auch in Tukums gesammelt. Maja hat dort ein windschiefes Häuschen mit einem Garten, Gurken und Himbeeren und Blumen wachsen da, die verkauft sie in Riga an der Straße. Maja hält dort auch Gänse und eine schwarze Katze. Sie sagt, es sei ihr Hexenhaus, weil es ein ziemlich oft geflicktes Dach gibt und einen kleinen Steinofen und einen Ohrensessel und sonst nicht viel. Für den Winter ist das Haus zu kalt, aber ich habe alle Sommer da verbracht, und ich durfte Janis und Vitas mitbringen, und wir haben Maja geholfen, wenn sie ihre Marmeladen einkochte. Rings um Majas Garten sind noch viel mehr solcher Gärten und drum herum rauscht der Wald, und dazwischen gibt es immer wieder Zäune, hohe und niedrige, mit und ohne Löcher. Was ich sagen will: Mit Zäunen kenne ich mich aus.

Der hier war stabil und aus Holz und noch warm von der Sonne. Ich schwang mich hinüber und landete leise auf der anderen Seite. Ich schlich unter den Bäumen durch, machte die Taschenlampe an. Die Äpfel leuchteten mir wie winzige Augen entgegen. Jetzt sah ich die Bescherung. Am anderen Ende des Gartens war eine Mauer. Man musste über die Mauer, um vom Haus in den Garten zu kommen. Oder vom Garten ins Haus. Offenbar wollte derjenige, der in dem Haus wohnte, keinen ungebetenen Besuch von hinten haben.

Die Mauer war locker doppelt so hoch wie ich. Hindernis Nummer eins. Dann waren da noch die Glasscherben, die sie oben verzierten. Hindernis Nummer zwei. Das war's dann wohl. Ich leuchtete den Sockel der Mauer ab, um ein Loch oder einen losen Stein oder so zu finden – nichts. Ich würde Vladimir brauchen; wenn er mich auf seine Schultern nähme, könnte es vielleicht gehen. Ich schlich zurück. Machte an einem Baum kurz halt. Die Äpfel waren noch zu klein und zu hart zum Pflücken. Eine Leiter lehnte trotzdem am Stamm. Sie war ausziehbar und grinste mich irgendwie an. Hier bin ich! Als hätte sie auf mich gewartet! Wieder grollte ein Donner in der Ferne. Ich musste mich beeilen, ein Gewitter würde die Sache nicht leichter machen.

Ich will nicht sagen, dass es ein Klacks war. Wuchtige Leiter, hohe Mauer, und irgendwie fehlte oben doch noch ein halber Meter, und mir war klar, dass ich die Leiter auch für den Rückweg brauchen würde. Ich musste mit meinen Fingern zwischen Glasscherben Halt finden. Dabei dankte ich Charlie für seine Schuhe, die eine feste Sohle hatten und eine harte Spitze, die wie gemacht schienen für genau so was. Trotzdem wäre ich fast abgestürzt, als ich die Leiter hochzog, balancierte, sie auf die andere Seite gleiten ließ.

Mein Herz klopfte wie wild.

Irgendetwas Neues hatte mich nun gepackt. Räuberfieber? Einbruchfieber? Gibt es so was? Ich weiß es nicht. Was ich weiß, ist, ich musste, ich *wollte* diesen Auftrag ausführen, so gut ich es irgendwie konnte. *Einmal ein Sorokin, immer ein Sorokin.*

Ein Stück Rasen, eine Garage, an die verschiedene Gartenwerkzeuge gelehnt waren. Kies. Ich zog meine Schuhe aus. Auf Socken war ich leiser. Eine Terrasse. Das Haus kannte ich von der Zeichnung. Zweistöckig. Da waren die beiden Fenster. Und da war tatsächlich eine Glastür, die auf dem Plan nicht eingezeichnet war. Vorsichtig fasste ich an die Klinke. Die Tür öffnete sich mit einem leichten Seufzen. Als hätte sie auf mich gewartet.

Dachte ich später.

13

Der schmale Strahl meiner Taschenlampe huschte durch den Raum. Er war leer, bis auf ein paar unförmige Gegenstände, die sich vor einer kahlen Wand stapelten. Ich horchte. Ich hörte mein Herz bis in meine Ohren klopfen, sonst nichts, nicht das kleinste Mäusegeräusch. Eine Diele knarzte, als ich eintrat. Angezogen wie eine Magnetnadel vom Nordpol, schlich ich zu den Dingern an der Wand. Es waren Sporttaschen. Ich machte eine mit zittrigen Fingern auf. Fand Werkzeuge, solche, die ich von Mahris kannte – Hammer, Schraubenzieher, Zangen, Bohrmaschine und so was. Dann gab es eine Eisenstange, die um die Ecke ging und sich am Ende zu einem V verzweigte, so was hatte ich bei Mahris noch nie gesehen.

Die anderen Taschen waren bis zum Rand gefüllt mit teuren Sachen. Wäre ich in einer der Räuberhöhlen aus Majas Märchen oder aus einer von Frau Mironovas Geschichten, dann hätte ich jetzt eine Schatztruhe mit Talern oder Dukaten oder Schmuck vor mir gehabt. Aber dies war keine Räuberhöhle sondern ein Verbrecherhaus mit Einbrecherware aus der Echtzeit. Ich fand Laptops, Handys und iPads. Winzige Stereoanlagen, Navis fürs Auto und ganze Portemonnaies. Eine weitere Tasche enthielt nichts als Schmuckschatullen. Eine dritte Zigarettenschachteln. Ich machte eine der Schachteln auf und fand säuberlich gefaltete Hunderteuroscheine darin.

Ich ließ die Schachtel wie eine heiße Pellkartoffel fallen. Auch weil ich ein Geräusch gehört hatte. Die Terrassentür, durch die ich gekommen war. Sie wurde geöffnet und wieder geschlossen, von außen. Klinke runter, etwas schnappte ein. Das Licht meiner Taschenlampe lag zitternd auf einer dunklen Gestalt vor der Tür. Auf einem Gesicht, das mich angrinste, Lichtkegel, spiegelnde Fensterscheiben, Nacht. Eine Fratze, die ein bisschen an Mahris erinnerte, wenn er mich früher beim Zelten erschreckt hatte, Taschenlampe unterm Kinn und so.

Nur, diese Fratze war echt. Echt war auch der komische Schritt, mit dem sich die Person entfernte, die mich eingeschlossen hatte. Der Kerl zog ein Bein nach. Der Typ von neulich nachts! Meine Gedanken rasten wie die Mäuse hinter den Dachbalken in der *Stabu*. Ich musste hier weg. Wo ein Verbrecher war, war sein Kumpan sicher nicht weit. Sie hatten mich gefangen, ich war wirklich eine Maus, eine Maus in der Mausefalle. Wo die Haustür war, das konnte ich mir ausrechnen, ich hatte ja den Plan im Kopf. Hinter dem Wohnraum lag der Korridor, rechts musste die Küche sein, da war der Vorraum mit der

Eingangstür, es stank hier bestialisch, ich stolperte über Mülltüten, über Pizzaschachteln, über Wodkaflaschen. Die Tür, ich rüttelte daran, sie war verschlossen, natürlich. Hörte ich außen wieder Schritte? Ich machte eine Kehrtwendung, suchte und fand die Treppe nach oben, überlegte es mir auf halbem Weg anders, machte die Taschenlampe aus und rannte wieder nach unten. Ich hatte nicht viel Zeit, denn jetzt hörte ich wirklich einen Schlüssel vorne im Schloss. Ich musste *unsichtbar* werden und ich dachte an Charlies wichtigste Regel. *Kenne den, der dich sucht. Errate den Ort, an dem er dich* nicht *erwartet.* Ich rannte zurück zu den Taschen und schob sie auseinander. Legte mich dazwischen, hielt den Atmen an und hörte die Stimme, die im Korridor, immer wieder »Detlev« rief. Das Licht wurde angemacht, ich duckte mich noch ein wenig tiefer in die Taschen hinein, obwohl man dies auf keinen Fall tun sollte. *Sich entscheiden, dann stillhalten*, so hatte Charlie es mir eingetrichtert.

Wer immer nach Detlev gerufen hatte, war wohl sturzbesoffen. Das konnte ich an der Stimme hören. Er sprach deutsch, und ich konnte mehr ahnen als verstehen, was er sagte. »Zeig dich, du kleine Ratte, ich krieg dich sowieso.« Ich glaube, er starrte kurz in meine Richtung, dann drehte er ab, untersuchte die Küche, polterte die Treppe hoch.

Das war meine Chance. Ich schob die Taschen beiseite,

sprang auf. Riss die Eisenstange mit dem V-Fuß an mich. Stürzte auf die Terrassentür zu.

Das Glas muss geklirrt haben, aber ich sah nur den Blitz, der durch den Himmel zuckte, hörte nur das ohrenbetäubende Krachen des Donners über dem Haus. Ich kroch durch das Loch, das ich geschlagen hatte, und stand wieder im Garten, als der Himmel seine Schleusen öffnete und der Regen hart auf das Gras platschte.

Die Leiter war noch an ihrem Platz. Vladimir war es nicht.

14

Vladimir hatte auf mich gewartet. Dann beschlossen, dass ich tot war. Womit sein Teil des Auftrags erledigt war. Natascha hatte ihn ganz schön zurechtgestutzt, weil er nicht nach mir gesucht hatte. Jedenfalls saß er, als ich endlich wieder in der Linienstraße auftauchte, bedröppelt auf dem Sofa und bearbeitete einen Kaugummi.

»Mensch, Niks«, rief Natascha.

Charlie sagte gar nichts, sondern fiel mir um den Hals. Ich nieste, hinterließ dicke Sockenpfützen überall, meine Schuhe – Charlies Schuhe – hatte ich in dem Haus stehen lassen. Ich war trotzdem heil zurückgekommen, nachdem die erste Straßenbahn so gegen vier an mir vorbeigefahren war. Mittlerweile kannte ich mich wenigstens gut aus, weil ich mit Charlie so viel in der Stadt unterwegs war.

Ich wurde gefeiert wie ein Held, nicht nur, weil ich zurückgekommen war, sondern vor allem, weil ich ziemlich genau sagen konnte, wie viele Taschen ich in dem Haus gesehen hatte: elf oder zwölf Stück. Von der Tasche mit den Werkzeugen erzählte ich auch. »Alles geklaut, das sind unsere«, brüllte Vladimir. Charlie und Natascha beruhigten ihn und sagten, dass sie sich ihre Sachen schon zurückholen würden. Charlie nannte mir den Namen für die Eisenstange mit dem V am Ende: *Beelzebub*. »Mit dem Teil kannst du fast in jedes Haus einsteigen. Wir zeigen's dir bei Gelegenheit.« Ich erfuhr auch noch, dass mit den beiden Jungs, die mich als *Ratte* so gerne verfrühstückt hätten, tatsächlich nicht zu spaßen war. Sie waren die Klanke-Brüder, man kannte sich schon lange, eine alte Fehde und einige gebrochene Knochen säumten den Weg der beiden Familien. »Wenn Detlev nüchtern gewesen wäre, hätte er dich gesehen. Todsicher«, verkündete Charlie, und da hatte ich genug gehört. Ich wollte dringend ins Bett.

Ich wälzte mich hin und her, eine Mücke nervte mich und mir war zu heiß. Dann irgendwie zu kalt, ich musste aufs Klo und wieder trinken. Dann war es zu hell. Ich suchte meine Augenklappe und konnte sie nicht finden. Ich suchte auch die Leiter in dem Garten und musste wieder über die Mauer. Ich stand mit dem Beelzebub vor der Terrassentür, die wieder ganz war. Ich wollte die Tür einschlagen, aber ich hatte keine Kraft, den Arm zu heben. Ich wollte zurück zum Apfelbaum, aber ich kam nicht vom Fleck. Jetzt schnatterte es über mir. Eine dicker, fetter Spatz saß auf dem Dach des Hauses.

»Sorokin, Sorokin!«, rief der Spatz. Er krähte wie ein Hahn, er schackerte wie eine Elster …

In jedem Fall wusste ich, jetzt ging es um mein Leben, und jetzt konnte ich auch wieder rennen, aber jetzt war die Leiter weg. Das Telefon klingelte und jemand reichte es mir. Es war Natascha. Ihr Goldkettchen mit der Elster wippte vor meiner Nase. Am anderen Ende der Leitung war Mahris. Er wollte wissen, ob es mir gut ging. Ich sagte, ja klar, es geht mir gut. Dann gab Natascha mir was mit einem Löffel zu trinken. Dann klingelte das Telefon schon wieder. Diesmal war es Onkel Witold. Er wollte auch wissen, ob es mir gut ging, und ich sagte wieder, ja klar, es geht mir gut. Und dann wollte Onkel Witold wissen, was mit Mahris los war, und jetzt wusste ich nicht, was ich sagen sollte. »Ich komme jetzt zu euch«, sagte Onkel Witold, und ich antwortete, dass das wirklich nicht nötig, aber eigentlich eine super Idee wäre. Dann schackerte wieder die Elster. Und dann wurde es endlich Abend und dunkel.

Es klingelte an der Tür und das machte mich wach. Erst dachte ich, es wäre Mahris, aber dann fiel mir ein, dass der noch im Krankenhaus war. Wie spät war es eigentlich? Jedenfalls schien die Sonne. Irgendwas war nicht so leicht am Aufstehen wie sonst, ich stolperte über meine Füße, verhedderte mich in Handtüchern. Ich kickte sie weg.

Draußen stand ein kleiner Typ mit Schnurrbart. Er redete Deutsch und streckte mir seine Hand entgegen. Ein

Wort von dem, was er mir sagte, verstand ich: *Miete*. Der Typ sah anders aus als der Mann vom letzten Mal. Aber er war gekommen, um die Miete zu kassieren. Schon August? Das war irgendwie komisch. Mir fehlte was von der Zeit. Wie sich später rausstellte, hatte ich Fieber gehabt und war drei Tage lang im Bett geblieben. Natascha war zwischendurch gekommen und hatte mir Tee eingeflößt und mir Wadenwickel gemacht, um das Fieber runterzukriegen. Alles Sachen, die sonst Mahris oder Maja für mich machten. Mahris, ich musste ihn dringend sehen und ihm alles erzählen, was passiert war. *Einen Moment bitte, mirklīti, lūdzu!*, murmelte ich und schlug die Tür vor seiner Nase zu. Auch, weil ich in meiner Unterhose vor ihm gestanden hatte. Der Typ gab mir nicht viel Zeit zum Anziehen. Er klingelte schon wieder wie ein Wilder.

Ich lief ziemlich wackelig in die Küche und fand den Umschlag mir unserem Geld. 137 Euro waren da drin. Die gab ich dem Typen. Er grunzte und streckte wieder seine Hand aus. Ich sagte ihm, dass das alles wäre. Er fing an zu palavern und ich erinnerte mich an das letzte Mal. Diskutieren hatte mit Leuten, die in Deutschland die Miete einsammelten, nicht so viel Zweck. Bei uns in der *Stabu* passierte das öfter, aber unser Vermieter sagte dann immer, dass wir die Miete auch später zahlen könnten.

»Einen Moment bitte«, sagte ich wieder so höflich wie nur möglich. Ich quetschte mich an ihm vorbei. Nataschas Tür war zu. Ich klingelte und klopfte. Keiner da.

Mittlerweile hatte der Typ einen Schritt in unsere Wohnung gemacht und musterte unser Zimmer. Er gab weitere *IchverstehehiernichtsovielSpaßSätze* von sich. Der Inhalt war klar, auch weil er angefangen hatte, zu schreien. Ich schaute mich hektisch um und überlegte, was ich ihm geben könnte. Den grünen Lampenschirm, Mahris' Hängematte, das Bild des schiefen Turms von Pisa? Wohl kaum.

Sonst stand da nur noch die alte Hutschachtel, ohne die Mahris nie irgendwo länger hingegangen wäre. Ins Krankenhaus war er auch nur ohne sie gegangen, weil er an dem Tag fast ohnmächtig gewesen war.

In einer normalen Situation wäre es mir nie in den Sinn gekommen, Mahris' Hutschachtel aufzumachen. Niemand machte diese Hutschachtel auf, niemand außer Mahris, das war irgendwie klar, ohne dass wir jemals darüber gesprochen hatten.

(Übrigens habe auch ich nie gesehen, dass Mahris seine Hutschachtel aufgemacht hätte. Jedenfalls hat er sie nie aufgemacht, wenn ich dabei war.)

Das Schloss war jetzt wirklich kein Problem für mich, nicht, nachdem ich wochenlang mit Charlie unterwegs gewesen war. Ich suchte die Nadel, mit der Mahris immer unsere Frühstückseier pikst. Mit einem leisen Seufzen gab das Schloss nach. Es roch muffig in der Hutschachtel. Es lag auch tatsächlich ein Hut drin, ein kleiner runder Strohhut mit einem Kranz aus trockenen Kornblumen. Die Blumen waren schon ganz ausgebleicht. Als ich den Hut vorsichtig rausnahm, zerbröselten einige davon. Darunter lag ein vergilbter Umschlag. Ich öffnete ihn hastig, während der Typ, der die Miete wollte, hinter mir weiter Rabatz machte.

In dem Umschlag waren zwei Fotos. Mahris war auf einem der Fotos zu sehen, aber er sah anders aus als der Mahris von heute, er war jünger und er lachte, hatte noch nicht diese steile Falte zwischen den Augenbrauen, die immer auftaucht, wenn ihm was nicht passt. Es musste Mittsommer sein, denn die Frau neben Mahris hatte eben jenen Hut mit Kornblumen auf dem Kopf. Sie trug einen langen Rock, war barfuß und hatte ein Baby auf dem Arm. Das Baby war noch so klein, dass man nicht viel davon sehen konnte. Hauptsächlich sah man die Decke, in die das Baby eingewickelt war, und seine Nasenspitze. Es war eine knubbelige Nasenspitze.

Mittsommer 2003, das stand in Mahris' krakeliger Schrift auf dem Foto. Mehr nicht, aber das war schon ziemlich viel. Ich bin im April 2003 geboren, und auch wenn ich nicht Einstein bin und keine Ahnung habe, wie schnell Babys wachsen, war ich mir doch sofort sicher, dass ich selbst in der Decke steckte.

Von dem zweiten Foto kapierte ich nicht viel. Da war ein großes spitzes Zelt mit Streifen, vielleicht ein Zirkuszelt? Davor zwei kleine Jungen, sie waren barfuß und grinsten bis über beide Ohren. Im Hintergrund etwas, was ich nicht sofort erkannte, groß und grau, ein Fels, ein Berg, ein ... ich kniff die Augen zusammen. *Elefant*, behauptete Frau Mironova in meinem Hinterkopf.

Das Foto sah ziemlich alt aus, aber niemand hatte etwas dazu geschrieben. Wieso schleppte Mahris so was mit sich rum?

Der Typ mit dem Schnurrbart hinter mir wurde ungeduldig. Ich sprang auf und jetzt wurde ich laut. *Verpiss dich*, rief ich. *Atšujies!* Der Typ wollte mich festhalten, aber ich riss mich los. Ich stürmte die Treppen runter, aus dem Haus. Ich musste Mahris suchen. Wir hatten da was zu klären. Eine Aussprache war fällig. Von Vater zu Sohn. Von Mann zu Mann. Meine Mutter sei *direkt nach meiner Geburt verschwunden*, hatte Mahris mir immer erklärt. Von wegen. Meine Mutter hatte mich in eine Decke gewickelt und mit einem Hut mit Kornblumen auf dem Kopf mit Mahris und mit mir Mittsommer gefeiert.

Mein Magen knurrte zustimmend. Ich merkte, dass ich einen Riesenhunger hatte, es kam mir so vor, als hätte ich seit Tagen nichts gegessen – was ja auch stimmte. Und ich brauchte dringend eine Dusche und frische Kleider.

Die Glocke in der Bäckerei klingelte Sturm, als ich die Tür aufriss. Die Bäckerin sah mich tadelnd an. Egal. Ich bestellte, was das Zeug hielt. Setzte mich an den kleinen Tisch am Fenster. Schaffte zwei belegte Brötchen und drei Puddingschnecken. Genau da fiel mir ein, dass ich kein Geld hatte. In diesem Moment schlenderte Charlie am Fenster vorbei. Er änderte seinen Kurs, als er mich sah.

»Charlie«, sagte ich. »Ich brauch dich mal. Ist dringend.«

Charlie grinste. »Hey, Niks. Da ist ja unser Held. Ich dachte schon, du machst die Biege. Wär ziemlich doof gewesen, an Fieber zu sterben, wenn man gerade den Klankes von der Schippe gesprungen ist.« Die Bäckerin räusperte sich, als wir gehen wollten. Charlie kramte in seinen Taschen und legte einen Schein auf den Tresen. Winkte ab, als die Bäckerin ihm das Wechselgeld geben wollte.

»Charlie«, sagte ich. »Ich muss Mahris finden.« Meine Stimme muss gezittert haben, es klang alles viel kleiner, als es klingen sollte.

Charlie blieb stehen und schaute mich an. Seine Augen wurden schmal und er schien zu überlegen. »O.k.«, sagte er dann. »Du sorgst dafür, dass du wieder aussiehst wie ein Mensch. Dann finden wir Mahris.«

Natascha kramte in ihrer Handtasche. Der Zettel mit dem Namen des Krankenhauses, in das wir Mahris gebracht hatten, war verschwunden. »Na super«, sagte Charlie. Natascha blies Rauchwolken ins Zimmer und sagte, wir sollten uns nicht so anstellen, Mahris würde schon zurückkommen, wenn es ihm passte. Sie tippte auf ihrem Handy rum und zuckte dann mit den Achseln. »Zieht Leine«, sagte sie. Charlie rollte mit den Augen und zog mich am Ärmel. »Los«, sagte er. »Wir finden das raus.«

Wir gingen zurück zur Bäckerei, fragten dort die Bäckerin nach dem nächsten Krankenhaus. Sie überschlug sich nun, um uns zu helfen. Sie schaute sogar im Internet nach. Danach wussten wir, dass es vier Krankenhäuser in der Nähe gab, St. Vincent, St. Anna, das Hubertuskrankenhaus und die Städtischen Kliniken.

St. Vincent war die Klinik, in der Charlie gelegen hatte. Die anderen drei klapperten wir ab. Unterwegs erzählte ich Charlie alles. Charlie hörte zu, ohne groß zu fragen, was gut war. Ich erzählte bruchstückhaft und mit Lücken, von vorne nach hinten und wieder zurück, und merkte selbst, wie es durcheinanderging.

»Es kann doch sein, dass Mahris deine Mutter sucht. Vielleicht ist sie in Deutschland. Vielleicht seid ihr *deswegen* hier«, überlegte Charlie.

Das hatte ich mir auch schon gedacht, und das war der Hauptgrund, warum ich jetzt so sauer war. *Von wegen, Deutschland is' gut, in Deutschland haben alle Arbeit und wir haben jetzt den Euro*. Mahris hatte mich belogen. Mich hatte er immer mit derselben Geschichte abgespeist, wenn es um die *schöne Blumenfrau* ging. Von wegen.

»Und, ist sie?«

»Ist sie was?«

»Schön?«

Ich flippte aus. Erklärte Charlie, dass es darum überhaupt nicht im Geringsten ging, schön oder nicht schön war mir schnurzpiepegal. Ich glaube sogar, ich habe Charlie angeschrien.

Charlie legte mir die Hand auf die Schulter. »Jetzt komm mal runter, Niks«, sagte er. »Eine verlorene Mutter ist kein Grund, auch gleich noch die Nerven zu verlieren.«

Und dann erzählte mir Charlie, dass *seine* Mutter vor eine Straßenbahn gelaufen war, als er, Charlie, drei Jahre alt gewesen war. Und dass er bis heute nicht wusste, ob sie's absichtlich gemacht hatte. »Bei meinem Vater kann ich mir das ziemlich gut vorstellen, dass man absichtlich vor eine Straßenbahn läuft«, sagte Charlie.

Ich dachte an die violetten Punkte auf Charlies Bauch. An die Narben von heißen Zigaretten, die dort ausgedrückt worden waren.

Und dann kam ich wirklich runter. Der Ärger floss einfach aus mir raus. Ich war nur froh, dass Charlie da war. Dass er mir helfen wollte, Mahris zu finden. Dass *er* es war, der mir helfen wollte, Mahris zu finden. Charlie war mein Freund. Mein Freund Charlie trottete neben mir her, er gab sich alle Mühe, mich aufzumuntern.

Die Krankenhäuser in Deutschland sehen sich alle ähnlich. Alle sind sie große, ordentliche Krankenhäuser, die nach Desinfektionsmitteln riechen. Ein großer Eingang, in dem unsere Schritte hallten; ein Empfang, wo jemand hinter einem großen Computer saß. Die Computerleute schüttelten den Kopf. Einen Mahris Ozols hatten sie nirgendwo auf der Liste. Im dritten Krankenhaus stellte sich raus, dass Mahris tatsächlich hier gewesen war, dass er aber vor zwei Tagen darauf bestanden hatte, vorzeitig entlassen zu werden. *Gegen ärztlichen Rat*, sagte der Mann hinter dem PC und zog eine Grimasse. Charlie übersetzte mir das, und ich wollte wissen, wo Mahris denn hingegangen sei. Der Mann zuckte mit den Achseln. Fragte dann aber doch, wer wir eigentlich seien. Und in welcher Beziehung wir zu Herrn Ozols stünden. Ob wir Eltern hätten, die man anrufen könnte?

Es wurde Zeit zu gehen.

Wäre Charlie nicht da gewesen, hätte ich draußen vor dem Krankenhaus geheult. Weil ich irgendwie fertig war. Weil Mahris einfach so verschwunden war. Weil er vielleicht meine Mutter suchte. Weil ich den Überblick verloren hatte. Charlie sagte, ich sollte mich entspannen, die Sonne stehe noch am Himmel, es sei Zeit für ein Eis und sowieso sollte man die Dinge nicht zu schwer nehmen im Leben. »Lass uns losziehen«, sagte Charlie. »Das bringt dich auf andere Gedanken.« Losziehen war das Letzte, was ich jetzt wollte, aber ich trottete Charlie hinterher. Und wirklich, unterwegs vergaß ich ein bisschen was von meinem Ärger und meinen Sorgen. Die schöne Welt der teuren und glänzenden Waren flüsterte uns aus den Schaufenstern schmeichelhafte Worte zu. Da war eines voller *Schnatz*, das war das Wort, das Maja immer für ihren Glitzerschmuck verwendet hatte, ihre dicken roten Ohrringe, den Ring mit dem glänzenden Stein.

In dem Schaufenster lag alles auf dunklem Samt. Es blitzte und funkelte. Ein Armband gefiel mir besonders, es hingen lauter Sachen daran, die Glück bringen sollten, Hufeisen, Kleeblätter, Glücksschweinchen. An der Tür zu dem Geschäft stand ein Mann im Anzug, der schaute uns ganz fest an, und ich wusste sofort, durch diese Tür würden wir nicht gehen, noch nicht einmal, um uns den *Schnatz* auch nur anzusehen.

»Komm«, sagte Charlie. »Ich weiß was Besseres.« Er brachte mich zu einer Einkaufspassage, vorbei an einem Geschäft mit Hüten und Koffern, einem weiteren mit Espressomaschinen, einem dritten mit Parfüms. Ich fragte mich, woher die Leute, die hier mit großen Einkaufstaschen hin und her liefen, ihr Geld wohl hatten. Klar, in Riga gibt es auch solche Geschäfte. Aber nicht da, wo Mahris und ich wohnen. Und nie so viele Leute, die nur kaufen, kaufen, kaufen. Ich rechnete die Espressomaschine um in das, was Mahris auf dem Zentralmarkt verdiente. Ich kam auf zwei Jahre, die Mahris arbeiten müsste, um diese Maschine zu kaufen. *Zwei* Jahre! Und nun wusste ich, warum Mahris, der ein richtiger Kaffeejunkie ist, sich seinen Espresso immer in einer kleinen Kanne kocht. Manchmal kocht ihm der Kaffee über, dann kratzen wir das Pulver von der Herdplatte. Fertig. Mahris hatte nämlich ...

Genau in diesem Augenblick vibrierte das Handy in meiner Tasche. Ungläubig zog ich es heraus. Es hatte seit Wochen keinen Ton von sich gegeben. Aber ich wusste sofort, es konnte nur eine Person sein, die mich jetzt in diesem Augenblick anrief. »MAHRIS«, schrie ich in das Telefon.

»NIKS«, schrie er zurück, »wo bist du?« Im Hintergrund hörte ich es rauschen und es klackerte in der Leitung.

»Ich bin mit Charlie in der Stadt, und du?«

»Auch in der Stadt«, schrie Mahris. Seine Stimme überstürzte sich. »Niks, hör mir jetzt gut zu. Ich stehe in einer Telefonzelle, mein Handy ist weg, ich erklär' dir das alles später. Ich habe nicht viel Geld, darum musst du mir jetzt GUT ZUHÖREN.«

»O.k.«, sagte ich.

»Ich muss noch was Dringendes erledigen«, rief Mahris. »Ich beeile mich. Spätestens morgen bin ich wieder bei dir, o.k.? Bis dahin, pass auf dich auf. Keine DUMMHEITEN jetzt, hörst du?«

»O.k.«, sagte ich mit gequetschter Stimme. »Keine Dummheiten.«

»Bis morgen, Niks.«

Und dann war er weg.

»Mahris«, rief ich. Meine Hände zitterten. Ich rief die Nummer auf dem Display an, aber es kamen nur noch Tut-Geräusche. Ich steckte das Handy in meine Tasche. Drehte mich zu Charlie um.

»Charlie?«

Ich lief durch die Einkaufspassage und suchte. Fuhr Rolltreppen, schaute an Notausgängen und neben Fahrstühlen. Nichts. Ich wurde sauer und beschloss, nach Hause zu gehen. Wenn Charlie nicht mal zwei Minuten warten konnte, bis ich mit meinem Vater fertig telefoniert hatte, dann bitte.

Ich ging im Sturmschritt an weiteren Geschäften vorbei und dann sah ich ihn. Charlie stand an der Kasse eines Schmuckgeschäfts und wartete in aller Seelenruhe. Eine Verkäuferin sprach mit ein paar jungen Mädchen. Sie reichte ihnen eine Tüte. Dann verließen die Mädchen das

Geschäft, kamen mir lachend entgegen. Die Tür stand nun offen.

Die Verkäuferin richtete das Wort jetzt an Charlie, dann verschwanden die beiden aus meinem Blickfeld. Dann sah ich eine Hand in den Schaufensterauslagen, es war die Hand der Verkäuferin, die auf verschiedene Armbänder zeigte. Daneben tauchte Charlies Hand auf, sie suchte und tastete, zog eines der Armbänder weg.

Nach einer Weile standen die beiden in der Nähe der Tür, redeten noch kurz miteinander, die Verkäuferin lachte, hielt Charlie sogar die Tür auf, winkte ihm kurz hinterher.

Charlie schloss zu mir auf, als hätte er gewusst, dass ich auf ihn wartete. »Los, verschwinden wir«, sagte er knapp.

Wir beschleunigten unsere Schritte, fielen in eine Art Laufschritt, bis wir die Verkäuferin hinter Charlie herrufen hörten. In der Nähe einer Säule, an der Wasser in verschiedenen Farben nach unten floss, machten wir uns unsichtbar. Charlie klopfte mir auf die Schulter. Grinsend zog er das Armband aus der Tasche. Hufeisen, Kleeblätter und Glücksschweine baumelten vor meiner Nase. »Für dich«, sagte Charlie.

Ich schüttelte den Kopf.

»Na los, nimm schon, Natascha wird sich freuen. Und wenn *ich* es ihr schenke, fängt sie höchstens an zu lachen.«

Mir schoss das Blut ins Gesicht. Wieso konnte Charlie

so genau wissen, dass ich Natascha ein solches Armband schenken wollte?

Charlie zwinkerte mir zu nach Charlie-Art, seine grünen Augen blitzten. Da nahm ich das Armband und ließ es in meiner Tasche verschwinden.

Es wurde schon dunkel, als wir in die Linienstraße zurückkamen. »*Hallihallo*«, sagte Natascha. Sie stand in der Küche und rührte in einem Topf voller Bigos. Dampf waberte durch die kleine Küche, eine Haarsträhne klebte an ihrer Schläfe fest. Es roch fantastisch, ich hatte schon wieder einen Bärenhunger.

»Zeigt her«, sagte Natascha. Charlie legte ein iPhone und zwei Portemonnaies auf den Küchentisch.

»O.k. Sonst noch was?«

Ich zog das Kettchen aus der Tasche und hielt es vor ihr Gesicht. Ein Glückspilz baumelte vor ihrer Nase. Natascha pustete eine Strähne weg. Sie nahm das Kettchen, hielt es unter die Lampe.

»Ist *Bling*«, befand sie dann.

»Bling?«

»Bling.« Natascha strubbelte mir durch die Haare.

Dann zog sie das Kettchen an. Nicht an ihr Handgelenk, wo ich es so schön gefunden hätte. Sie zog es an ihren Fuß. Sie lachte.

Ich wurde einfach nicht schlau aus Natascha, vor allem,

wenn sie lachte. Aber das Kettchen sah trotzdem klasse aus.

Sogar an ihrem Fuß sah es klasse aus. Natascha gab mir einen Kuss auf die Wange. Die glühte danach und ich musste sie immer wieder anfassen. Charlie stupste mich an. Dann lachte auch er.

Ich blieb zum Abendessen. Jetzt waren die Brüder Klanke und alles, was sie uns angetan hatten, das Gespräch des Abends. »Wir machen sie kalt«, verkündete Vladimir.

»Wowa«, sagte Natascha.

»Alles halb so wild«, sagte ich. »Ich lebe ja noch.«

»Einmal ein Sorokin, immer ein Sorokin«, erklärte Charlie. »Das ist jetzt eine Frage der Ehre.« Yuri sagte wie immer nichts. Wortlos löffelte er die Brühe in sich hinein. Dann legte er seinen Löffel neben den Teller und verkündete: »Ab morgen schieben wir Wache vor ihrem Haus.«

15

Wir zogen also am nächsten Morgen los, um Wache zu schieben. Das war mit ziemlich viel Warterei verbunden. Im Wesentlichen bedeutete es, dass wir alle in einem Umkreis von ein paar Hundert Metern Stellung bezogen und uns möglichst unsichtbar machten. Wir hatten dunkle Trainingshosen an. Vladimir trug außerdem eine Baseballmütze mit Runenzeichen, Yuri eine dunkle Sonnenbrille, Charlie eine zu große braune Regenjacke und ich einen Kapuzenpulli, Kapuze weit nach vorne gezogen. Yuri hatte die Sachen schweigend aus einem großen Koffer gezerrt und verteilt. Sie waren so was wie eine Tarnung, sollten es anderen Leuten schwer machen, uns zu beschreiben.

»Wie genau sahen die merkwürdigen Gestalten denn aus, die Sie angeblich gesehen haben?« – »Tja, weiß nich, ich glaube, einer hatte einen Kapuzenpulli an und einer eine Sonnenbrille ...«

Wir konnten alle ein Stück vom Haus der Klanke-Brüder sehen, außerdem hatte jeder von uns einen anderen im Blick. Ich lehnte am Zaun hinter einer Straßenlaterne, konnte Charlie sehen, der auf dem Dach eines Carports kauerte. Von dort beobachtete er Vladimir, der in der

Nähe des Gartenzauns wartete, genau wie an dem Abend, an dem ich mit ihm unterwegs gewesen war. Vladimir hatte Blickkontakt mit Yuri, von dem ich nicht wusste, wo er steckte. Ein dünner, hoher Pfiff von Yuri wäre das Signal, sich wieder am Kadett einzufinden, der eine Straße weiter parkte. Im Kofferraum wartete eine Tasche mit Werkzeugen, die Vladimir vor dem Einsatz sorgfältig poliert hatte. Mit dem *Beelzebub* konnte man jedes Fenster und jede Türe öffnen, man schob das V-Ende in den Türrahmen, setzte die Stange wie einen Hebel an und stieß ruckartig dagegen, dann zersplitterte der Rahmen wie ein Streichholz. Charlie hatte es mir gezeigt, eine Kellertür in der Linienstraße war dabei hopsgegangen.

Außerdem lagen ganz viele Taschenlampen, ein elektrischer Schraubenzieher und noch ein paar Messer in der Tasche. Insgesamt sah sie ziemlich genau aus wie die Tasche, die ich im Wohnzimmer der Klanke-Brüder gesehen hatte. Überhaupt machten wir hier alle das Gleiche, Einbrecher beklauten andere Einbrecher. Es erinnerte mich an verschiedene Räuberspiele in Tukums. Ich hätte es bestimmt auch lustig gefunden, wenn ich nicht so viel Schiss gehabt hätte.

Die Spannung lag wie elektrisches Kribbeln in der Luft, obwohl stundenlang nichts passierte. Eine Katze lief über die Straße und ein Postbote trug Briefe aus. Zwei Kinder gingen mit Ranzen vorbei. Ich bekam Durst und wollte aufs Klo. Meine Augen suchten Charlie. Braune Jacke, braunes Dach, da hockte Charlie. Keine Regung, keine Bewegung. Charlie war vollkommen still, er war wie verschwunden, auch für mich. Ich hätte genauso gut ganz allein auf der Welt sein können.

Um mir die Zeit zu vertreiben, sagte ich mir *Pirmā zāle* auf, eines von Frau Mironovas Lieblingsgedichten, war jetzt auch egal, dass wir gerade keinen Frühling hatten.

Wenn das erste Gras sprießt / spricht die Erde ein Gebet / Und die Sterne hoch im Himmel / Halten an in ihrem Weg …

Zwei Mal sagte ich mir das Gedicht auf. Ein anderes fiel mir gerade nicht ein.

Die Zeit wurde lang wie ein Gummiband.

Ich dachte wieder an Mahris, und jetzt vermisste ich ihn so doll, wie ich ihn noch nie zuvor vermisst hatte. Noch nicht einmal, als ich klein und zum ersten Mal eine Woche ganz allein bei Maja in Tukums gewesen war. Ich wollte so sehr, dass Mahris nicht erst morgen, sondern jetzt wiederauftauchte und mich an der Hand nähme und sagen würde: *Komm, Niks, für Leute wie uns ist das hier die falsche Vorstellung. Wir fahren nach Hause in die Stabu.* Ärger kochte wieder in mir hoch, denn ich konnte mir schon vorstellen, was Mahris noch so Dringendes zu tun hatte. Es hatte bestimmt mit der Frau zu tun, deren Foto ich gesehen hatte und die bestimmt meine Mutter war, und ehrlich gesagt hatte ich nicht die geringste Lust darauf,

Mahris mit irgendjemandem zu teilen. Bislang waren wir immer hervorragend alleine zurechtgekommen.

Genau in dem Moment ging die Tür des Hauses auf. Der Typ, der rauskam, gähnte. Er war dünn und mittelgroß, hatte lange, strähnige Haare, trug auch eine Trainingshose, an den Füßen Flipflops. Er ließ seine Augen gleichgültig über die Straße schweifen, dann schlurfte er los. Ich hielt den Atem an. Nach wer weiß wie langer Zeit kam er zurück mit einem Einkaufsnetz, ich konnte Toastbrot und eine Schnapsflasche erkennen. Wieder sah er sich kurz um, dann fiel die Tür hinter ihm ins Schloss.

Als sie wieder aufging, waren sie zu zweit. Sie waren jetzt auch dunkel angezogen, genau wie wir, und sie gingen nicht mehr schlurfig, sondern fix. Auch ganz leise, so wie wir vorhin. Der große Dünne, Detlev, hatte sich eine Pudelmütze übergezogen, sein Bruder Dirk, das war der, der ein Bein nach sich zog, hatte einen Kapuzenpulli an und eine Tasche über seine Schulter geworfen. Ich glaubte zu hören, wie darin Werkzeuge klirrten. Sie stiegen in einen kleinen Fiat, der ganz in meiner Nähe parkte. Wendeten mit quietschenden Reifen, fuhren richtig dicht an mir vorbei. Ich duckte mich weg, hatte trotzdem das Gefühl, dass mich der Blick des Fahrers gestreift hatte. Eine Weile war alles still. Irgendwo läuteten Kirchenglocken, es musste Mittag sein.

Dann hörte ich Yuris Pfiff. Charlie sprang leise wie eine Katze vom Dach des Carports.

Wir sammelten uns bei Vladimir. Bevor wir alle über den hinteren Zaun stiegen, mussten wir noch ein wenig warten, weil eine alte Frau vorbeischlurfte. Charlie half ihr höflich, als sie sich mit ihren Einkaufstaschen verhedderte. Dann war die Luft rein.

Das weiche Gras federte unter meinen Füßen. Hinter mir hörte ich Vladimir fluchen, der Beelzebub und die anderen Werkzeuge klimperten in seiner Sporttasche. Der Garten sah bei Tag ganz anders aus, er war viel kleiner und natürlich nicht so finster. Die Leiter unter dem Apfelbaum war verschwunden. Wir standen vor der Mauer mit den Glasscherben und nun machten wir uns tatsächlich Räuberleitern. So wie ich mit Janis und Vitas früher. Nur war das hier kein Spiel!

Vladimir ließ Yuri aufsteigen und der nahm eine winzige Säge aus der Tasche, sägte einige Glasscherben ab. Dann waren wir an der Reihe, Yuri nahm uns auf der anderen Seite im Empfang. Vladimir stieg als Einziger nicht über die Mauer, er warf die Tasche zu uns rüber, die schwer zu Boden polterte.

Die Terrassentür war heute verschlossen. Der untere Teil war mit Brettern vernagelt, das war da, wo ich das Loch in die Glasscheibe geschlagen hatte. Yuri nickte. Dann nahm er den Beelzebub aus der Tasche.

Genau jetzt flogen zwei Elstern aus dem Apfelbaum auf, sie schackerten und zankten sich in der Luft um ein Stück Alufolie. Federn stoben auf, die eine flog davon, die andere landete auf dem Schornstein. Schimpfte und palaverte weiter, drehte ihren Kopf, schien uns aus ihren schwarzen Augen zu beobachten.

Die Elster ... es war wie in meinem Traum. Ein mulmiges Gefühl stellte sich in meinem Bauch ein. Nicht dass ich abergläubisch gewesen wäre. Wer ein paar Jahre bei Frau Mironova zur Schule gegangen ist, ist normalerweise ein großer Fan von allem, was sichtbar und gut zu überprüfen ist.

Aber trotzdem.

»Ich weiß nicht, ob das eine gute Idee ist«, flüsterte ich Charlie zu. Der zwinkerte mir zu. »Einbrechen ist nie eine gute Idee.«

Wie cool er war, das dachte ich nicht zum ersten Mal. Charlie war der coolste Typ, den ich kannte. Er war lustig, er war mutig, er machte die unglaublichsten Sachen, er war mein Freund.

Jetzt knirschte die Türrahmen, Holz splitterte. Yuri grinste, er machte sogar eine kleine Verbeugung, so wie die Türsteher vor den schicken Hotels in der Rigaer Altstadt. Es war die erste menschliche Regung, die ich an ihm sah. Dann winkte er uns zu. An ihm vorbei gingen wir in das Haus.

Das Zimmer im Erdgeschoss war heute leer bis auf eine fleckige Matratze, die in der Ecke lag. Daneben standen Flaschen und es gab ein paar offene Zigarettenschachteln. Die Taschen, zwischen denen ich mich versteckt hatte, waren verschwunden. Dafür stank es noch fieser als beim ersten Mal. Charlie zog eine Grimasse und hielt sich die Nase zu. Yuri winkte uns weiter und wir durchsuchten ziemlich fix das Erdgeschoss. Immer noch lag der Müll in der Küche. Außerdem gab es hier eine Rumpelkammer, in der wir ein Kinderfahrrad mit verbogenen Speichen entdeckten und einen alten, zerbeulten Koffer. Charlie schüttete ihn aus, woraufhin viele alte Fotos wie kleine Papierflieger durch die Luft segelten. Yuri bedeutete ihm, damit aufzuhören. Er stand am Treppenaufgang still und horchte. Ich konnte sehen, wie er mit der Hand nach seiner Brusttasche tastete. Dann ging er leise die Treppe hoch. Wir folgten ihm nach oben. Ein düsterer Flur und weitere leere Zimmer warteten auf uns, in einem lag wieder eine Matratze auf dem Boden, daneben ein durchwühlter Haufen Kleider, ein Aschenbecher. Im nächsten Zimmer waren nur Poster von Katzen an den Wänden. Eine dritte Tür war verschlossen. Yuri rüttelte die Klinke. Dann brach er sie mit einem Fußtritt auf.

Ein Bett und ein Schrank, ein Stuhl und ein Schreibtisch. Ein Mobile, das sich vor dem Fenster drehte. Staub tanzte in der Luft, ich musste husten. Wieder ein Poster an der Wand, es war ein Sänger in einem Glitzerkostüm, den ich nicht kannte. Auf dem Bett lag noch ein Teddybär und das fand ich gruselig, das Zimmer musste mal ein Kinderzimmer gewesen sein. Was wohl aus den Leuten geworden war, die vor den Brüdern Klanke hier gewohnt hatten? Yuri riss die Decke vom Bett, ließ ein Messer aufschnappen und schlitzte die Matratze auf. Ich hob den Teddybär auf und dachte, dass ich ihn vielleicht mitnehmen und einem der Kids aus der Linienstraße schenken würde. Sah aus den Augenwinkeln, wie Charlie an den Schreibtisch trat. Dort fand er einen Zettel. Er hielt ihn hoch, ich sah große und krakelige Buchstaben, ganz so, als hätte jemand gerade erst schreiben gelernt. Charlie las laut, und sogar mein Englisch reichte aus, um zu wissen, dass dies eine Nachricht für uns war.

Eine sehr schlechte Nachricht.

Die beiden Klanke-Brüder hatten das Haus nur verlassen, damit wir *diese* Nachricht finden konnten.

Charlie ließ den Zettel fallen und wimmerte wie ein kleiner Hund, der sich die Pfote gebrochen hat. Ich hob den Zettel auf und las:

No Bags. Find Natascha.

16

»Fahr doch schneller«, schrie Vladimir, und Yuri sagte »Schnauze«. Yuri hielt seinen Blick fest auf die Straße gerichtet. Mir wurde schlecht, denn Yuri legte sich ordentlich in die Kurven. Charlie sagte die ganze Zeit *Scheiße, Scheiße, Scheiße* vor sich hin, und Vladimir begann, mit seinem Kopf immer wieder gegen die Scheibe zu schlagen, was ein dumpfes Geräusch machte, ihm aber überhaupt nichts auszumachen schien. Mir wurde davon noch elender. Ich dachte an den Zettel und an all die Verbrecherfahrten, die ich bei Maja im Fernsehen gesehen hatte. Es ist ziemlich unterhaltsam, einem Auto vom Sofa aus zuzuschauen, wie es mit quietschenden Reifen durch die Straßen kurvt. Es ist viel weniger unterhaltsam, selbst in einem solchen Auto zu sitzen.

Ziemlich schnell tauchte hinter uns Blaulicht auf. Polizei. Yuri fluchte. Ich drehte mich um. Eine Hand schwenkte eine Kelle hinter uns. Yuri riss das Handschuhfach auf und kramte darin herum. Er nahm einen Stapel Ausweise raus und warf sie in unsere Richtung. In allen Größen und Farben. Die russischen Pässe erkannte ich an dem Doppeladler. Charlie wühlte sich mit flinken Händen durch und reichte dann zwei kleine grüne *Ausweise* nach vorne. Auf die anderen setzte er sich einfach drauf.

Yuri trat auf die Bremse und der Wagen kam quietschend zum Stehen. Dann kurbelte er die Scheibe runter. Die Papiere steckte er dem Polizeibeamten entgegen. Der sprach auf ihn ein, Yuri zuckte mit den Schultern. Charlie mischte sich ein. *Mach die Nummer mit der Oma*, flüsterte Yuri und Charlie setzte ein Bettelgesicht auf. »Meine Oma liegt im Sterben«, jammerte Charlie, der offensichtlich in seiner Familie am besten Deutsch sprach. Dann fing er tatsächlich an zu weinen. Der Polizist kratzte sich am Kopf und sagte »Tja«. Der andere kam zurück und fing an zu telefonieren. »Bitte«, sagte Charlie, und dann gab es eine kleine Diskussion zwischen den beiden Polizisten, die Charlie gespannt und mit flehendem Blick verfolgte.

Den Strafzettel riss Vladimir hinter der nächsten Kurve in Stücke und Yuri drückte wieder auf das Gaspedal. Als Charlie anfing zu lachen, lachten wir alle mit. Es war ein wildes und ein zu lautes Lachen, ein bisschen, als wären wir alle miteinander irgendwie verrückt geworden.

Die Reifen quietschten, als wir in der Linienstraße einfuhren. Vor dem Eingang standen etliche Bewohner unseres Hauses, die ich seit einer gefühlten Ewigkeit nicht mehr gesehen hatte. Wie lange waren wir weg gewesen?

Unsere Nachbarn gaben eine Gasse frei, durch die wir rannten, so schnell uns unsere Beine trugen. Offensichtlich hatte es sich rumgesprochen, dass es was zu sehen geben würde. Jetzt wollten alle hinter uns herlaufen, aber Yuri drehte sich um und herrschte die Leute an, sie sollten gefälligst bleiben, wo sie waren.

Wir hasteten die Treppe hoch. Niemand musste etwas sagen. Es war klar, dass wir dabei kein Geräusch machen würden.

Vor dem Aufzug blieben wir kurz stehen. Yuri fasste wieder in seine Brusttasche und zog einen Revolver hervor. Er gab ein Zeichen und wir setzten uns in Bewegung. Schlichen auf die verschlossene Tür zu, hinter der die Familie Sorokin lebte. Yuri horchte an der Tür. Dann drückte er vorsichtig die Klinke runter. Die Tür war verschlossen. Jetzt gab es ein Geräusch, das wir alle hörten. Es war ein leises Wimmern hinter der Tür. Es klang wie ... es war Natascha, die da wimmerte!

Dann ging alles sehr schnell. Vladimir warf sich gegen die Tür, die splitterte und aus den Angeln krachte. Er stürzte ins Zimmer. Wir alle hinterher.

Eine hämische Stimme empfing uns. »Willkommen! Welcome my friends!« Natascha saß auf einem Stuhl mitten im Wohnzimmer. Sie war gefesselt und geknebelt. Der Typ, der neben ihr stand, hatte eine Skimaske auf. In der einen Hand hielt er Nataschas lange, blonde Haare, in der anderen ein großes Messer. Vladimir stürzte mit einem Wutgeheul auf ihn zu, es gab ein Menschenknäuel und ein Schuss ging los. Glas splitterte. Charlie riss mich zu Boden und dann hörte ich einen Schmerzenslaut und ein unterdrücktes Fluchen von Yuri. »Knarre weg«, sagte eine zweite, hellere Stimme. Charlie bekam eine der Hanteln zu fassen, die Vladimir immer rumliegen ließ, und warf sie in Richtung der Klanke-Brüder. »Scheiße, ihr Ratten.« Dann trat mir ein schwerer Stiefel in den Rücken. Ich bekam keine Luft mehr. Noch ein Tritt und ein stumpfer Schmerz, ein Funkenreigen und dann wurde es schwarz vor meinen Augen.

Als ich wieder zu mir kam, hämmerte es in meinem Kopf. Ich hob ihn ganz vorsichtig an. Bemerkte, dass ich Nasenbluten hatte. Glassplitter lagen überall um mich herum, der Boden war nass. Der Samowar war umgekippt, die Vorhänge heruntergerissen, die Wohnung der Sorokins ein Schlachtfeld. Die Lage hatte sich inzwischen zugunsten der Klanke-Brüder geklärt. Charlie und Yuri waren ein Paket, sie saßen Rücken an Rücken, waren mit einer Wäscheleine gefesselt. Yuri blutete aus einer Wunde am Arm. Vladimir lag als stiller Haufen in der Ecke, er war wohl wieder ohnmächtig geworden. Er musste Blut gesehen haben, meines oder das von Yuri.

Natascha saß immer noch auf dem Stuhl. Ich sah erst

jetzt, dass sie das schöne rote Kleid vom Krankenhaus anhatte. Der Typ mit der Skimaske war dabei, ihre Haare in kleinen Stücken abzusäbeln.

Offensichtlich sollte hier eine alte Rechnung beglichen werden, denn für jede Strähne, die zu Boden fiel, machte die kalte Stimme eine Ansage.

»The big thing in Berlin two years ago« Ritsch-Ratsch.

»*Suka*«, zischte Natascha. »Du Straßenköter!« Ihre Stimme klang schrill.

»Du Schlampe«, sagte die Skimaske. Ritsch-Ratsch.

Der Zweite der Klanke-Brüder, an seiner Größe erkannte ich Detlev, stand breitbeinig wie ein Cowboy auf dem Sofa und hielt Yuris Revolver im Anschlag. Der Revolver wanderte hin und her. Mich hatte niemand im Blick. Doch, Charlie hatte mitgekriegt, dass ich aufgewacht war. Er schüttelte ganz leicht den Kopf, was ich so verstand: keine falsche Bewegung. Kein Risiko. Niemanden wissen lassen, dass du wieder da bist. *Unsichtbar werden*. Ich ignorierte jede einzelne dieser Warnungen und kroch ein kleines Stück weiter in Richtung des Samowars.

»Zoobrücke Köln«, sagte Dirk. Er ging ein Stück um Natascha rum, und dabei konnte ich sehen, dass er ein wenig hinkte. Eine weitere blonde Haarsträhne fiel zu Boden.

»We had a deal. No police.« Ritsch.

Ich kam mit, dank des erbarmungslosen Englischunterrichts von Frau Mironova. Jemand hatte die Polizei gerufen und das hatte den Klankes nicht gefallen.

»You think we're stupid? Ihr haltet uns für doof?«, Ratsch.

Viel war nicht mehr übrig von Nataschas schönen langen Haaren, und ich fing an, vor Wut zu zittern. Natascha mit kurzen Haaren, das konnte ich mir einfach nicht vorstellen.

Jetzt seufzte Vladimir, regte sich und fing an, leise vor sich hin zu brabbeln. Detlev, der Revolvermann, machte einen Satz vom Sofa in seine Richtung. Er hielt Vladimir die Waffe an die Schläfe.

Samowarwerfen nach einer Ohnmacht mit Nasenbluten ist wohl nicht so ganz meine Disziplin. Ich gab mein Bestes, doch ich traf nicht Detlev, sondern Vladimir, der mit einem kleinen Laut wieder in sich zusammensackte. Der Revolver klickte. Es gab ein heiseres Kommando. Dann wechselten die Klankes mit einem Tempo, das ich vor allem Dirk mit seinem Hinkebein nicht zugetraut hätte, ihre Positionen. Nun hatte Natascha die Knarre am Kopf und ich hatte das Messer am Hals.

»We are finished«, schrie Detlev. »We want 20.000. 20.000 now or Natascha is dead. Natascha and this Mushroom here.«

Ich verstand nicht jedes Wort, aber der Sinn war klar. Die Klanke-Brüder mochten mich nicht besonders.

Jetzt meldete sich Yuri zu Wort. »20.000, o.k. Detlev. Give me two days.«

Detlev schnaubte und gab Dirk ein Zeichen.

Dirks Messer hinterließ einen sehr kalten Strich an meinem Hals.

»20.000 NOW!«

Das Blut aus meiner Nase tropfte auf den Boden. Ich fing an, noch mehr zu zittern. »Go ahead«, sagte Detlev. Dirk schnitt zum Auftakt ein Stück von *meinen* Haaren weg, dann hatte ich die Klinge wieder am Hals. Detlev hatte angefangen zu zählen, und zwar rückwärts von der Zehn. Dabei ließ er seinen Revolver durch den Raum schweifen. Er entschied sich für mich, sodass nun *beide* Waffen auf mich gerichtet waren, das Messer und der Revolver. Yuri fluchte, und Charlie rief mit schriller Stimme: »Aufhören! Niks hat mit der Sache nichts zu tun.« Ich zitterte bereits wie Espenlaub und dachte vollkommen sinnloses Zeug. Majas Pelmeni und der junge Georgsritter mit der Prinzessin im roten Kleid.

Detlev war bei *vier* angelangt, als zwei irre Gestalten durch die Tür spazierten. Herein kamen zwei Männer, die weiß angezogen waren, sie hatten silberne Epauletten und Troddeln an den Ärmeln. Sie sahen irgendwie uniformiert aus, aber dann auch wieder nicht. Beide hatten sie Masken mit langen Vogelschnäbeln auf. Frau Mironova hatte uns solche Masken gezeigt, die Pestärzte haben sie erfunden und noch heute sieht man sie beim Karneval in Venedig. Die beiden Männer schritten im Gleichschritt. »Meine Damen und Herren«, rief der Erste dumpf durch seine Vogelmaske. »Welcome, Ladies and Gentlemen!«

Bevor wir uns von unserer Überraschung erholt hatten, wirbelte ein Lasso durch die Luft. Es schabte an meinem Arm vorbei, legte sich dann um Dirk, dem das Messer aus der Hand fiel. Mit einer tänzelnden Bewegung war einer der beiden Vogelmänner bei mir. Er bückte sich, hob das Messer auf. Er zog die Schlinge des Lassos noch enger und wickelte es blitzschnell um Dirk, der vor Erstaunen keuchte. Als er aussah wie eine Rolle Zwirn, trat der Vogelmann ihm in die Kniekehlen. »Hoppla«, sagte er und sah zu, wie Dirk in sich zusammensackte.

Unterdessen, vieles musste ich mir später erzählen lassen, denn alles war so verwirrend, und meine Nase blutete so sehr, dass ich mir den Arm vor das Gesicht hielt …

… unterdessen hatte der zweite Vogelmann mitten im Zimmer ein Rad geschlagen und dabei Detlev die Waffe aus der Hand getreten. Der Revolver schlitterte durch das Zimmer. Dann flog noch ein Lasso durch die Luft und dann war auch Detlev eingewickelt wie eine Mumie.

Eine warme Hand legte sich auf meinen Kopf. Ein vertrauter Geruch stieg in meine Nase. »MAHRIS«, schrie ich, und Mahris schob seine Vogelmaske hoch und hielt mich so fest wie noch nie zuvor. Der andere Vogelmensch ging feierlich zu Charlie und Yuri, dann zu Natascha. Er schnitt die Wäscheleine und das Klebeband durch. Dann zog er Mahris zu sich und mich gleich mit. Die beiden nahmen mich in ihre warme Mitte und verbeugten sich wie zu einem unsichtbaren Applaus. Aber alle Leute im Zimmer waren viel zu baff, um irgendetwas zu sagen oder zu tun, geschweige denn zu klatschen.

Dann wurde Vladimir wach. Er brummte, rieb sich den Schädel, sah sich um und sagte: »Wo sind die Schweine?«

17

Natürlich weiß man später alles besser. Natürlich gibt es die langweiligen Stellen im eigenen Leben, man gähnt und gähnt und würde am liebsten einschlafen. Aber es ist genau diese Gähnerei, die einen manchmal davon abhält, die vielen kleinen Buchstaben zusammenzusetzen, die aus dem ziemlich gewöhnlichen Leben ein anderes mit einer richtigen Geschichte drin machen. Mahris und seine kleinen Flummitricks ... die Hutschachtel und das Foto der beiden Brüder vor dem Zelt ... der *Elefant* ... das grobe Schwarz-Weiß-Foto mit der Männerpyramide in unserer Wohnung in der *Stabu*. Natürlich hätte ich schon viel früher kapieren können, was für eine alte Geschichte sich da direkt vor meiner Nase abgespielt hatte und darauf wartete, gelesen zu werden.

Onkel Witold hatte den Revolver sorgfältig entsichert. Dann bot er Natascha den Arm und führte sie zum Sofa, wo sie erst in sich zusammensackte, sich dann aber schnell wieder aufrichtete. »Hat jemand eine Zigarette?«, fragte sie mit belegter Stimme.

»Einen kleinen Moment«, sagte Onkel Witold. Er

beugte sich vor, hob sein Hosenbein und zog eine einzige Zigarette aus einer blauen Ringelstrumpfsocke. Dann hob er sein anderes Hosenbein und zog ein blitzsauberes Taschentuch aus einer roten Ringelstrumpfsocke. Er reichte es mir, aber Mahris nahm es und tupfte meine Nase ab. Mir tat alles weh. Was sagte Maja immer, wenn sie es wieder mit der Gicht hatte? Ich könnte jeden meiner Knochen persönlich begrüßen.

»Feuer?«, fragte Natascha.

»Feuer, natürlich«, sagte Onkel Witold. Er machte eine komische Verrenkung, griff mit der linken Hand in seine rechte Jackentasche und brachte ein silbernes Feuerzeug zum Vorschein. Er ließ es aufschnappen und hielt Natascha mit einer winzigen Verbeugung eine kleine Flamme unter ihre Zigarette.

»Danke«, sagte Natascha. Sie blies kleine Rauchwölkchen aus ihrer Nase und fasste sich an den Kopf.

»Scheiße. Hat jemand einen Spiegel dabei?«

Onkel Witold durchwühlte seine Taschen, aber Mahris räusperte sich vernehmlich. »Spiegel herzaubern können wir nicht so gut«, sagte er.

»Stimmt, das hatte ich vergessen«, sagte Witold und nahm endlich seine Vogelmaske ab. Strich sich durch die grauen Haare. »Spiegel herzaubern, das sollten wir noch einmal üben.« Dann stakste er auf seinen langen Beinen, die mich an einen Storch erinnerten, durch das Zimmer und hob den Samowar auf. »Bevor wir weitermachen in dieser außerordentlichen Vorstellung, brauche ich dringend ein starkes Schlückchen Tee. So einen famosen Samowar habe ich schon lange nicht mehr gesehen.«

Auf die Gefahr hin, dass jemand glaubt, ich hätte die Sache mit dem Samowar nur erfunden, damit Frau Mironova mir eine gute Note gibt, denn sie ist selbst eine halbe Russin und liebt einen guten Tee – so ist es nicht gewesen.

Der Samowar war wirklich da.

Ziemlich verbeult zwar von meinem missglückten Wurf, aber er funktionierte noch einwandfrei. Weil nicht ganz klar war, wer die Sache in die Hand nehmen würde – Charlie und Yuri hatten immer noch kein Wort gesagt, Natascha blies Rauch durch ihre Nase und fluchte leise vor sich hin –, steckte ich selbst den Samowar ein. Füllte Wasser nach, fand in der Küche Tee und gab ihn in die Kanne. Das konnte ich gut, denn ich habe es ja schon so oft für Maja gemacht. Wer einen Samowar kennt, weiß auch, dass es ziemlich lange dauert, bis das erste Glas Tee getrunken werden kann. In dieser Zeit wollte Onkel Witold genau wissen, wieso er, nachdem er die lange Reise auf sich genommen hatte, um seinen *kleinen Bruder* (ich glaube, Mahris wurde rot) und seinen *geliebten Neffen* in Deutschland zu besuchen, warum er also nach einer so *langen* Reise erst ein Räuberlager ausheben musste, bevor er sich mit uns auf ein winziges Schlückchen Tee an einen Tisch setzen konnte?

Der Satz war wirklich so lang, und er war an niemanden speziell gerichtet, weshalb Onkel Witold auch keine Antwort bekam. Yuri und die beiden Klanke-Brüder schauten ihn böse an. Vladimir rieb sich immer noch über seinen Schädel, und Charlie erklärte: »Räuber, na ja. Eigentlich sind wir richtige professionelle Einbrecher.«

Während Onkel Witold seinen Tee trank, sagte niemand groß ein Wort. Doch Onkel Witold hatte eine Art zu fragen, die irgendwie alle locker machte. Vor allem Natascha erzählte an diesem Abend mehr als in allen Monaten zuvor. Und so weiß ich heute, dass die Sache mit den Klanke-Brüdern schon ewig lief, allerdings waren beide Seiten noch nie so böse aufeinander gewesen wie an diesem Abend. Als Natascha endlich doch in einen Spiegel schaute, heulte sie vor Wut auf. Sie ging direkt zum Angriff über, und Onkel Witold musste ihr Dirks Messer aus der Hand reißen, sonst hätte es doch noch ein Blutbad gegeben. Den Revolver hatte er schon in seinen Stiefelschaft gesteckt.

Ich saß die ganze Zeit dicht neben Mahris, hatte irgendwann den Kopf an seiner Schulter und roch seinen guten Mahris-Geruch nach Tabak und Seife. Ich war eigentlich zu alt, um so zu sitzen, Kopf auf seiner Schulter, aber es war mir scheißegal, was die anderen von mir dachten. Einmal schaute ich auf und sah, dass Charlie mir leise zunickte. Seine grünen Augen lagen tiefer in ihren Höhlen als sonst und schienen zu lächeln.

Als wir die Teekanne leer getrunken hatten, fiel das Licht schon schräg durchs Fenster.

Die Abendgeräusche aus den anderen Wohnungen wurden weniger. In der Ferne hörte man eine Bahn. Onkel Witold stellte sein Teeglas vorsichtig auf den Unterteller und verkündete, dass es am besten wäre, wenn die Familien Sorokin und Klanke ihre *Differenzen*, das war das Wort, das Onkel Witold benutzte, selbst beilegen würden. Er selbst, sagte Onkel Witold, habe jetzt nach dieser kräftezehrenden Vorstellung, die sowohl das Fach des Lassowerfens, der Artistik, des Magiers und des aufmerksamen Zuhörers bedient habe, einen solchen Bärenhunger, dass er dringend ein blutiges, dreipfündiges Steak verdrücken wollte, nach amerikanischer Art zubereitet. Ob es hier in der Nähe ein Steakhaus oder so etwas gäbe?

Dabei knurrte sein Magen tatsächlich laut und vernehmlich. Onkel Witold baute ziemlich lange und ulkige Schachtelsätze mit vielen schweren Wörtern. Also solche, die Frau Mironova uns immer rot anstreicht. Später habe ich Mahris gefragt, warum er das tat, und Mahris sagte nur: »Das ist eben Amerika. Hab ich dir doch gesagt, dass wir da nicht hinwollen.«

Wir fanden weit und breit kein Steakhaus, wohl aber eine Pizzeria. Ich war schon oft daran vorbeigegangen, aber noch nie drin gewesen, und staunte jetzt nicht schlecht. Wir saßen in einer Art Tropfsteinhöhle, das Licht veränderte ständig seine Farben und irgendwo plätscherte Wasser. Mahris kriegte sich kaum noch ein und wollte sofort wissen, wie das alles gemacht war. Das wäre doch was für unsere Wohnung in der *Stabu*, sagte er, und mein Herz hüpfte, denn jetzt war es klar, dass wir zurück nach Hause fahren würden. Dann kam der Wirt. Er bewunderte die Anzüge von Mahris und Onkel Witold. Wir bestellten die Karte hoch und runter. Charlie war bei uns und jeder von uns schaffte zwei Pizzen. Beim Nachtisch, es gab Tiramisu *und* Früchteeis, hatte Charlie die Nase vorne. Dann rappelte das Telefon in meiner Tasche und Mahris grinste bis über beide Ohren.

Es war Maja. Sie schimpfte und redete sofort los, und ich hatte meine liebe Not, überhaupt zu Wort zu kommen. Ich fragte Mahris, wann unser Bus zurück ginge, und er sagte, morgen Abend und wir würden zu dritt kommen, Onkel Witold wäre auch mit von der Partie.

Dann war es Zeit für das, was Mahris mir zu sagen hatte.

»Wir sind Zirkuskinder, dein Onkel und ich. Wir sind im Zirkus groß geworden und mussten, weil wir die Kinder vom Direktor waren, alles gut können. Seiltanzen konnte aber nur Witold, dafür war ich ein passabler Akrobat, Flickflacks und so. Das ist wahrscheinlich vorbei.« Mahris grinste schief und zeigte auf seine Schulter.

»Messerwerfen kann ich auch besser«, bemerkte Onkel Witold.

»Stimmt gar nicht«, sagte Mahris, »denk doch an unsere große Wurfnummer in Minsk.« Es ging ein bisschen hin und her, und ich dachte schon, die beiden würden gleich streiten wie die Sorokins und die Klankes, doch dann wurde mir klar, dass es einfach ihre Bruderart war, so miteinander zu reden. Onkel Witold wurde es warm bei dem Streit, er zog seine Jacke aus.

Es stellte sich heraus, dass dieser Zirkus ein kleiner Zirkus gewesen war, aber er war immer auf großer Fahrt gewesen. Meine Großeltern waren die Direktoren gewesen, und davor deren Eltern, und so würde es immer weitergehen, dachten alle, aber dann …

»Dann fiel der Eiserne Vorhang«, sagten Mahris und Witold wie aus einem Mund.

Der Eiserne Vorhang und wie er gefallen war – davon hatte ich schon gehört. In der Schule, natürlich, wir hatten einen Film gesehen, der zeigte, wie wir uns in Lettland mit Fackeln auf den großen Plätzen in allen Städten versammelt hatten und unsere Freiheit wollten. Danach war alles anders als vorher. Jetzt hatte nicht mehr Russland das Sagen bei uns, jetzt waren wir Letten frei. *Das Jahr 1990 hat uns Letten die Demokratie gebracht, aber auch Armut*, hatte Frau Mironova uns in dieser Geschichtsstunde erklärt. Viel mehr hatte sie dazu nicht sagen wollen, sie sagte sogar viel weniger als sonst, ließ aber dafür einen Kaugummi platzen. Auch Mahris hatte mir nie viel von früher erzählt, obwohl er alles genau mitbekommen hatte. Jetzt überließ er Witold das Reden, und Witold sagte, dass nach der Wende alles anders geworden war für Zirkusleute und Künstler in Lettland.

Die *Wende* war offensichtlich nicht Charlies Thema. Er gähnte gelangweilt, legte seinen Nachtischlöffel ab und ging aufs Klo. Stieß versehentlich gegen Onkel Witolds Stuhl, entschuldigte sich artig. Onkel Witold beachtete ihn nicht weiter, er war groß in Fahrt.

»Nach der Wende brauchte niemand mehr einen kleinen Zirkus, so wie unserer einer war«, sagte Onkel Witold. »Dann sind unsere Eltern gestorben, ziemlich früh, sie haben es nicht geschafft, ohne ihren Zirkus. Dann bin ich nach Amerika ausgewandert, um dort ins Zirkusgeschäft einzusteigen, aber ohne meinen kleinen Bruder hat mir das keinen Spaß gemacht. Jetzt habe ich alles erreicht, was ein Mann ohne Zirkusgeschäft in Amerika so erreichen kann, und ich dachte, bevor ich alt und grau werde, packe ich es noch mal an. Aber natürlich mit Mahris und mit dir, euch muss ich schon dabeihaben. Als das mit dem Telefonieren ständig nicht klappte, habe ich mich auf den Weg gemacht, um euch das persönlich zu sagen. Und als Geschenk habe ich gleich zwei großartige Lassos eingepackt, wer hätte gedacht, dass wir diese so bald brauchen würden.«

Onkel Witold stocherte mit zwei Fingern in seinem Hemdkragen.

»Also, wenn ihr eure Siebensachen gepackt habt, kann es losgehen, ab nach Amerika.«

Ich rutschte aufgeregt auf meinem Stuhl hin und her. Amerika ... ein Zirkus!! Ich sah mich selbst schon in einem tollen schwarzen Outfit durch die Manege wirbeln. Irgendwas mit Bällen, allerdings würde Mahris mir noch ganz schön was beibringen müssen.

»Witold«, sagte Mahris jetzt leise. »Wir kommen nicht mit nach Amerika. Das habe ich dir schon hundert Mal gesagt. Kein Zirkus mehr. Nie wieder. Und auch kein Amerika.«

»Natürlich kommt ihr mit nach Amerika«, dröhnte Onkel Witold. »Was wollt ihr denn sonst machen? Weiter hier in Deutschland von Leitern fallen?« Er hob sein Bierglas. »Prost, auf Amerika.«

Ich konnte sehen, dass Mahris das nicht behagte. Er zeigte seine Stirnfalte und kaute auf seiner Unterlippe rum.

»Amerika ist doch cool«, erklärte Charlie jetzt. Ich hatte gar nicht bemerkt, dass er zurück an unseren Tisch gekommen war. »Nach Amerika komme ich mit.«

»CHARLIE«, rief ich aus. Ich wollte so sehr immer mit Charlie unterwegs sein, dass mein Herz jetzt hüpfte wie ein kleiner Akrobat. Ein neues Leben war da, zum Greifen nah, Amerika, der Zirkus, Charlie und ich für immer!

Onkel Witold ließ zwei dichte, struppige Augenbrauen tanzen. Ich glaube, er bemerkte Charlie zum ersten Mal richtig. Ein magerer Junge in einem schwarzen Trainingsanzug und, das konnte ich sogar im schummrigen Licht der Pizzeria sehen, mit tiefen Schatten unter seinen Augen.

Alle schauten Charlie an. Das war so ein Ding von ihm. Charlie sagte immer wenig, aber wenn, dann hatte er die große Bühne. Alle hörten Charlie zu, wenn er was zu sagen hatte.

»Wer zum Zirkus will, braucht Talente«, erklärte Onkel Witold dröhnend. »Was kannst du denn, mein Junge?«

Wortlos griff Charlie in seine Hosentasche. Zog Onkel Witolds Portemonnaie hervor. Legte es auf den Tisch. Onkel Witold starrte es an wie ein Ufo. Es war ein ziemlich protziges Portemonnaie, glänzend, voller Schnallen und Fächer und dick gefüllt mit Scheinen, die aus den Seiten herausquollen.

Mein Onkel fing an, dröhnend zu lachen, er klopfte mit der Faust auf den Tisch, dass die leeren Gläser tanzten. Tränen traten in seine Augen und er musste husten und schlucken. Auch Mahris schmunzelte, die vielen Fältchen legten Ringe um seine Augen.

»Junge, du bist engagiert!«, brüllte Onkel Witold. »Von dir kann ja sogar *ich* noch was lernen. Wie heißt du noch mal?«

»Charlie.«

»Charlie, gut, hervorragend, den Namen kannst du gleich beibehalten. Du wirst eine große Nummer: *Charlie, the magic pickpocket! Ladies and Gentlemen, mind your wallets!* Wir bringen dich groß raus. Charlie, pack deine Koffer, wir fahren nach Amerika. In zwei Tagen geht's los.«

»Nicht mit uns«, sagte Mahris ruhig.

»Doch, doch«, sagte Onkel Witold gutmütig. Er schob Charlie seine Visitenkarte über den Tisch und rief nach der Rechnung. »Wir überschlafen das. Morgen sehen wir weiter.«

Onkel Witold winkte nach einem Taxi, er hatte in einem schicken Hotel ein Zimmer genommen. Mahris, Charlie und ich gingen zurück in die Linienstraße. Ich hielt Mahris' Hand fest umklammert, es war mir egal, was Charlie dazu sagen würde. Aber falls er es bemerkt hat – es war ja schon dunkel –, dann ließ er sich nichts anmerken.

Noch so ein Ding von Charlie, er verlor nie große Worte über die Schwächen anderer Leute. Ich war so selig, ich hüpfte sogar vor mich hin. Charlie und ich, Mahris und ein Zirkus ...

Wir stießen die Tür zu unserem Zimmer auf, Charlie ging nach nebenan, wo ebenfalls Ruhe eingekehrt war. Keine Spur von den Klanke-Brüdern mehr. Ich konnte einen kurzen Blick in das Zimmer werfen und sah, dass es wieder aufgeräumt war. Natascha hatte sich ein Tuch um ihren Kopf geschlungen und lackierte ihre Nägel. Charlie zögerte kurz in der Tür. Drehte sich noch einmal um zu mir. »Pass gut auf dich auf, Niks«, sagte er.

Wir waren wieder zusammen, Mahris und ich, Hängematte und Matratze. Ich war so aufgeregt, dass an Schlafen nicht zu denken war. Wieder und wieder musste Mahris mir von früher erzählen, vom Jonglieren und vom Seiltanzen, von den Abenden in der Manege. »Bitte, Mahris, lass uns nach Amerika gehen und wieder einen Zirkus aufmachen.«

»Nein, Niks.«

»Aber warum denn nicht?«

Mahris ließ mich warten.

»Mahris?«

»Weil ...«, sagte Mahris, »weil Zeit vergangen ist. Und weil wir nichts zwei Mal machen sollen im Leben. Vorbei ist vorbei. Was wir zwei brauchen, du und ich, ist ein neuer Anfang.«

»Aber was wollen wir denn machen, in Riga, wenn wir zurückkommen?«, fragte ich.

Mahris gähnte lange und ausführlich. Dachte nach. Dann hörte ich ihn in der Dunkelheit lächeln: »Nun ja, ein bisschen Zirkus könnte ich mir schon vorstellen. Ein Zirkusartikelversandgeschäft. Jonglierunterricht. Eine Zauberschule … sag mal, kannst du die Nummer mit dem Portemonnaie eigentlich auch?«

»Nicht so gut wie Charlie«, sagte ich bescheiden. »Aber ja, eigentlich doch.« Stille aus der Hängematte.

»Das habe ich befürchtet«, flüsterte Mahris dann. Er seufzte. »Das musst du mir alles erzählen. Aber nicht vor morgen früh. Es war ein langer Tag. Lass uns schlafen. Gute Nacht, Niks. *Ar labunakti.*«

»*Ar labunakti*, Mahris.«

Ich konnte aber immer noch nicht einschlafen. Wälzte mich auf der Matratze hin und her. Eine Zauberschule … bei uns zu Hause in der *Stabu* … das würde mir sehr gefallen. Vielleicht nicht ganz so gut wie ein Zirkus in Amerika, aber immerhin …

»Mahris?«

»Mmmm?«

»Kann Charlie denn auch mit uns mitkommen nach Riga? Ich meine, wenn wir nicht nach Amerika gehen?«

»Charlie?«, murmelte Mahris. »Klar doch, natürlich kann Charlie mitkommen. Lass uns schlafen, Niks.«

Jetzt klopfte mein Herz wieder schneller. Charlie und ich und eine Zauberschule. Wir würden zusammen zum Fußball gehen und zusammen in die Schule. Ich hätte den besten Freund der Welt bei mir und das würde immer so bleiben. Jetzt konnte ich es kaum abwarten. Wir konnten doch schon morgen den Bus nehmen und übermorgen wären wir am Zentralbahnhof.

Bei *Bus* dachte ich an *Tickets* und bei *Tickets* an *Geld* und bei *Geld* an einen Umschlag und bei Umschlag an das Foto in der Hutschachtel.

»Mahris?«

»Mmmmm?«

»Wer ist eigentlich die Frau auf dem Foto in der Hutschachtel?«

Stille. Dann hörte ich, dass Mahris sich in der Hängematte aufsetzte.

»Du warst an meiner *Hutschachtel*?«

»Ich … ich hab Geld gebraucht«, stammelte ich. »Wegen der Miete. Nur deshalb war ich an der Hutschachtel.«

»Aber wie hast du sie denn aufbekommen? Der Schlüssel ist immer bei mir.«

»Mit einer Nadel«, sagte ich. »Charlie hat mir gezeigt, wie man das macht. Man muss die Nadeln biegen. Es gehen Näh-, Steck- oder Haarnadeln, kommt aufs Schloss an.«

Mahris lachte los, laut und schallend, es war ein Lachen ohne Ende. Und ich lachte mit, und weil eh nicht an Schlafen zu denken war, knipsten wir das Licht wieder an, und Mahris machte uns Kakao.

»Du musst mir nur eins versprechen«, japste Mahris.

»Was?«

»Dass du in Riga nicht unter die Straßenräuber gehst.«

»O.k., mache ich nicht. Oder nur im Notfall.«

»Kein Notfall«, sagte Mahris streng. »Wir verdienen, was wir brauchen.«

»Mit einer Zauberschule?«, fragte ich.

»Mit einer Zauberschule für Zirkusleute. *N & M, United Tricks Limited* oder so. Wir denken uns was Gutes aus. Jonglieren und Messerwerfen können wir auch unterrichten. Ich zeige dir, wie's geht.«

»Und ich zeige *dir*, wie man unsichtbar wird«, sagte ich stolz, denn ich war mir sicher, dass Mahris das nicht konnte.

»Unsichtbar sein ist *super*«, sagte Mahris, dessen Laune minütlich stieg.

Ich pustete in meinen Kakao. »Also?«

»Also was?«

»Wer ist die Frau auf dem Foto? Ist das meine Mutter?«

Mahris stand auf und schnappte sich die Hutschachtel. Fingerte an seiner Kette mit dem Schlüsselchen, bemerkte dann, dass die Schachtel offen war, und gluckste wieder.

»Mein Sohn, der Hutschachtelknacker«, sagte er. »Wer hätte das gedacht?«

»Mein Vater, der Lassowerfer«, sagte ich. »Wer hätte *das* gedacht?«

Vielleicht lag auch das an meiner Zeit mit Charlie, dass mir manche Sätze schneller einfielen, für die ich früher lange hätte suchen müssen. Gute Sätze, freche Sätze, schnelle Sätze. Ich fühlte mich anders, es war ein neuer Niks in mir drin.

Ich hatte Gefahren bestanden und konnte Sachen, die nicht einmal Mahris konnte.

Mahris hatte das Foto jetzt in den Händen. »Lass mal sehen …«

Er legte die Stirn in Falten, musterte mich und das Foto. Das war nicht fair, denn er musste ja gar nichts vergleichen. Er kannte die Antwort. Ich boxte ihn in die Seite.

»Nein«, sagte Mahris feierlich. »Also, ich weiß nicht, wen du auf dem Foto siehst, aber *ich* sehe Ieva.«

»Ieva?«

»Ja, Ieva aus der Kafejnica«, sagte Mahris. »Zentralbahnhof, Zeppelinhalle und so. Schon vergessen? Sie hat mir einen Kaffee und dir einen Strudel spendiert, bevor es losging.« Im fahlen Schein unserer Lampe konnte ich sehen, wie Mahris rot wurde.

»Und Ieva ist *nicht* meine Mutter?«, fragte ich.

»Nein, Ieva ist *nicht* deine Mutter«, sagte Mahris feierlich. »Deine Mutter war eine *besonders schöne …*«

Den Satz kannte ich auswendig.

»*… Blumenfrau vom Markt. Mit Konfettiaugen. Die mich dir eines Morgens, als du noch gar nicht wusstest, dass es mich gab, in den Arm gedrückt hat. Und die dann verschwunden ist.*«

»Genau so.«

»Und du weißt nicht, wo sie ist?«

»Nein, Niks, das weiß ich nicht.«

»Aber sie weiß, wo ich bin.«

»Ja, das wird sie wissen. Wenn sie dich finden will, wird sie dich finden.«

In mir flatterte ein kleiner Vogel. Es war die alte Antwort von früher, aber sie fühlte sich neu an.

»Es ist die Wahrheit«, flüsterte ich.

»Ja, Niks. Es ist die Wahrheit. Ich habe nicht immer alles gut gemacht, aber ich habe dich nie belogen.«

Ich sprang auf in Richtung Hängematte. Ich musste in Mahris' Arme. Dort weinte ich, aber nur ein kleines bisschen.

»Schschsch«, sagte Mahris. Er strich mir über die Haare. »He, Kopf hoch. Wenn du willst, packen wir morgen unsere Sachen, und schwupps, weg sind wir. Einmal Ecolines direkt nach Riga. Oder willst du lieber fliegen? Ich leihe mir Geld von Witold.«

»Fliegen«, sagte ich.

Und dann, ganz kurz vor dem Einschlafen, fiel mir noch was ein. Ich wollte unbedingt noch wissen, was Mahris so dringend zu tun gehabt hatte, nachdem er mich vorgestern aus der Telefonzelle heraus angerufen hatte.

Mahris gähnte. »Witold wollte unbedingt ein schickes Kostüm«, sagte er dann. »Wir haben die ganze Stadt durchsucht. Nirgends ein Zirkusladen. Aber du weißt ja, Witold gibt nicht auf. Er wollte seinen großen Auftritt, und da mussten wir eben warten, bis der Schneider fertig war mit unseren Sachen.«

18

Ich weiß nicht, was mich zuerst weckte, der Duft von gebratenen Eiern mit Speck oder das laute Telefonat, das Mahris mit Onkel Witold führte. Es war der alte Disput. »Nein, Witold, nicht nach *Amerika*. Ja, ein paar Dollar wären super. Nur geliehen, du bekommst alles zurück.«

Ich schlug die Augen auf. Seufzte vor Wohlbehagen. Weil alles war wie immer. Weil alles anders war. Weil etwas zu Ende war und etwas anderes anfangen würde. Weil Mahris wieder da war. Weil …

Vor meinem Gesicht erschien eine Tasse mit warmem Kakao, und Mahris zwinkerte mir zu. Handy am Ohr. Er zog eine Grimasse, weil er mal wieder nicht zu Wort kam. Als er aufgelegt hatte, war die Lage die, dass Mahris und ich unser Fluggeld zusammenhatten.

Ich verdrückte mein Frühstück in bester Laune und dann ging ich rüber zu Charlie.

Die üblichen Geräusche auf dem Flur, ein Fernseher, die Kochtöpfe, ein Familiendisput von oben. Und doch war es anders. Die Luft auf unserem Flur war dünner. Etwas fehlte, als hätte man von einem Pausenhof eine ganze

Klasse weggenommen. Mittendrin in all dem Lärm war eine Art von Stille, die hier nichts zu suchen hatte. Ich drückte die Klinke zu Charlies Wohnung runter und öffnete die Tür. Der Vorhang flatterte im Wind. Einige Möbel standen noch. Alles andere war weg, die Taschen, die Koffer, die Kissen, Nataschas Nageletui. Ich rief Charlies und Nataschas Namen, aber nur zur Probe. Ich wusste, dass ich keine Antwort bekommen würde. Auf dem Tisch stand noch der Samowar. Unter dem Samowar steckte ein Zettel:

Ja tebja njekogda ni sabudu. Twoi drug Charlie.

Ich nahm den Zettel, nein, ich riss den Zettel an mich.

Rannte zurück zu Mahris, der schon dastand, die Arme ausgebreitet, in die ich mich stürzte.

»Sie sind weg«, schluchzte ich.

»Das sind sie«, sagte Mahris feierlich.

»Wo sind sie hin?«

»Ich glaube, auf die Krim oder so. Das hat jedenfalls der Riese gesagt. Ich habe ihnen heute Morgen geholfen mit ihren vielen Taschen.«

»Du hast mich nicht geweckt«, schrie ich und boxte jetzt in Mahris' Bauch. Mahris hielt meine Hände fest. Sehr sanft.

»Nein, Niks. Ich habe dich nicht geweckt. Du hast sehr fest geschlafen.«

»Aber Charlie ... Charlie hat gesagt, er wollte, er wollte ...«

»Ich habe Charlie gefragt, ob er mit uns kommen will.

Aber er hat gesagt, sein Platz wäre bei Vladimir und Natascha.«

»Aber gestern Abend hat er ...«

»Gestern Abend war gestern Abend. Heute Morgen ist heute Morgen. Manchmal verändert eine einzige Nacht ein ganzes Leben.«

»Aber Charlie hat ...«

»Ja, ich weiß, er hat. Aber es gibt Menschen, die kann man nicht zähmen. Sie sind frei. Besonders frei, auf ihre Art frei. Wenn man einen solchen Menschen zum Freund hatte, dann hat man ein großes Geschenk bekommen«, erklärte mir Mahris.

Er hielt mir sein riesiges geblümtes Mahris-Taschentuch hin.

Ich hatte Mahris noch nie so reden hören wie jetzt. Er war ein anderer Mahris, der da stand, ein anderer als der witzige und der vergessliche Mahris, mein Vater, mit dem ich vor sechs Wochen losgezogen war, um ein neues Leben zu beginnen. Mein Vater, auf den ich so oft schon hatte aufpassen müssen, damit er keine Dummheiten machte.

Oder, war es vielleicht andersrum? Vielleicht war Mahris ja der Gleiche geblieben, nur ich war ein anderer?

»Nase putzen«, befahl Mahris.

Ich schnäuzte mich laut und ausgiebig.

»Und Koffer packen. Unser Flug geht in drei Stunden.« Dann nahm er noch etwas aus seiner Hosentasche. Es war ein Goldkettchen. Ein Goldkettchen mit einer Elster darauf.

»Das hier ist von Natascha«, sagte Mahris. »Für dich. Sie lässt ebenfalls schön grüßen. Sie hat gesagt, du sollst die Kette tragen: *Einmal ein Sorokin, immer ein Sorokin.*«

Und dann nahm Mahris den Samowar vom Tisch und packte ihn in unseren Rucksack.

19

Drei von Frau Mironovas karierten Heften habe ich vollgeschrieben. Ich packe sie in meine Tasche, nehme die steile Treppe aus unserer Dachwohnung in der *Stabu iela*. Wir haben umgeräumt und frisch gestrichen. Auf dem alten Klavier steht nun Nataschas Samowar, und immer, wenn Maja zu Besuch kommt, freut sie sich: Endlich kann sie auch bei uns einen ordentlichen Tee trinken.

Also, Treppe runter, vorbei an dem kleinen Elefanten, der in unserem Hausflur vor der blauen Tapete steht, keine Ahnung, warum und wer ihn dort abgestellt hat. Ich mache mein Fahrrad los und schiebe es durch unseren Hof. Die Kastanie schüttelt Kastanien ab, der Sommer ist bald zu Ende, bald schon ist es Zeit für unsere dunklen lettischen Herbst- und Wintermorgen.

Von uns aus können sie kommen. Mahris und ich haben vorgesorgt. Wir haben schon Lichterketten besorgt, die wir in unserem Geschäft aufhängen werden. Wir haben den Laden von Pawel gemietet, der zwei Jahre lang erfolglos versucht hat, gebratene Hähnchen zu verkaufen, die waren in unserer Straße aber wenig gefragt. Ieva hatte erst Bedenken gehabt, weil der Laden eine halbe Treppe unter der Straße liegt und vergittert ist. Und weil sie abergläubisch ist, sie sagte, dass Geschäfte ein Gedächtnis haben und sich Pleiten merken. Mahris hat wie immer alles unter seinem üblichen Optimismus begraben. »Du wirst sehen, das ist der Sieg der Manege über den grauen Alltag.«

Und diesmal hat er recht behalten. Brathähnchen und Zirkus sind doch zwei sehr verschiedene Dinge.

Die Sache verbreitete sich so wie alle guten Nachrichten in Riga, durch Weitersagen. Bald gab es lange Wartelisten für Mahris' Unterricht im Jonglieren und im Zaubern, Lassowerfen nur auf Anfrage. Immer häufiger melden sich große Firmen bei uns, die Mahris für ihre Feiern haben wollen. Das ist gut, denn so muss Mahris nicht mehr auf Baustellen arbeiten oder auf dem Zentralmarkt Paletten schieben. Erstens tut ihm immer noch bei schlechtem Wetter das Schlüsselbein weh, und zweitens hätte er schlicht und einfach keine Zeit, irgendwo anders noch Kamine zu bauen oder Gipskanten zu ziehen.

Unseren schönen Laden, den haben wir selbst renoviert. Mahris, dem die Pizzeria in Deutschland so gut gefallen hat, hat das mit der Tropfsteinhöhle aus Gips nachgemacht. Überall gibt es was zu schauen oder zu kaufen, in Nischen und auf Simsen liegen Zauberhüte, Jonglierbälle, magische Baukästen.

Wir haben alle unsere Aufgaben. Wenn wichtige Kunden kommen, bringt Ieva Törtchen aus ihrer Kafejnica vorbei. Außerdem macht sie die Buchführung, weil Mahris das einfach nicht auf die Reihe kriegt. Ich selbst habe nachmittags ein paar Stunden Ladendienst. Manchmal verblüffe ich Kunden damit, dass ich verschwinde. Eben noch haben sie mich an der Kasse gesehen, dann bin ich weg. Wenn ich wieder da bin, fragen sie mich, wie ich das gemacht habe.

Dann sage ich: »Unsichtbar werden ist vor allem eine Frage der Einstellung und des guten Blicks.« Das klingt geheimnisvoll, aber soll es ja auch. Die Leute werden neugierig, und wenn sie dann immer noch mehr wissen wollen, reiche ich ihnen einen Prospekt: *Werden Sie unsichtbar nach der »Methode Charlie«. Unterricht nur samstags bei Ihrem Lehrer Niks.*

Manchmal werde ich gefragt, warum das so heißt, *Methode Charlie*? Oder auch, warum unser Geschäft diesen Namen hat: *Mein Freund Charlie*?

Dann wird es immer still in unserem Laden. Ieva und Mahris lassen mich die Antwort geben. Ich zeige auf den Zettel, der an der Wand hängt.

Ich vergess dich nicht. Dein Freund Charlie.

»Ach«, sage ich dann. »Das ist eine lange Geschichte.«

WÖRTERBUCH

Ardieveas	Auf Wiedersehen
Ar labunakti	Gute Nacht
Atšujies!	Verpiss dich
Ēnu spēles	*Schattenspiele*, ein lettischer Fernsehkrimi
Es te dzīvoju	Hier wohne ich
Kafejnīca	Café
Lesim ogot	Lasst uns Beeren pflücken
Mirklīti, lūdzu	Einen Moment bitte
Pirmā zāle	*Erstes Gras*. Frühlingsgedicht des lettischen Autors Fricis Bārda (1880 – 1919)
Pelmeni	Kleine Teigklößchen, die in ganz Osteuropa gegessen werden
Pūt, vējiņi!	*Wehe, o Wind* (Lettisches Volkslied)
Viss būs labi	Mach dir keine Sorgen

Das Lieblingsgedicht von dem Mädchen auf dem Pony (S. 38) ist von der lettischen Dichterin Aspazija (eigentlich Elza Pliekšāne, 1865–1943) und heißt *Pasaciņa*.

Niks liest das Buch *Spēles Meistars*, das ist ein Kinderroman der lettischen Autorin Signe Kvaskova.

DANKSAGUNG

Dagmar Fretter war früh von dieser Buchidee überzeugt. Ein Stipendium der Kunststiftung NRW hat mir den Aufenthalt in Riga ermöglicht.

Susanne Gaschke, Berlin

Dagne Indāne, Goethe-Institut in Riga

Signe Kvaskova hat mir bei der Recherche geholfen. Sie hat mir von lettischen Familien erzählt, die für diese Geschichte wichtigen Orte in Riga ausfindig gemacht und sie hat mir die lettischen Wendungen in diesem Roman aufgeschrieben. Sie ist die Autorin des Romans *Spelés Meistars*.

Paula Peretti gab den entscheidenden Hinweis: Niks braucht einen Freund.

Annemarie Römer, Kriminalhauptkommissarin in Düsseldorf. Sie weiß viel über Bandenkriminalität, Wohnungseinbrüche und Kinder, die in diesem Milieu aufwachsen. Die Wirklichkeit ist um etliches düsterer als in meinem Roman dargestellt.

Slzw Rutka, Stabu iela, Riga

Ilze Rutka, Stabu iela, Riga
Ronja Terjung, Düsseldorf
Zanete Vevere Pasqualini, Latvian Literature Centre
Meine Familie hat wie immer viel Geduld gehabt und Tee gekocht.

TANYA LIESKE ist Autorin und Literaturkritikerin. Sie schreibt Bücher für Kinder und Erwachsene. Im Deutschlandfunk (Köln) moderiert sie die Literatursendung »Büchermarkt«. Bei Beltz & Gelberg erschien von ihr bereits das Kinderbuch *Oma und die Miethaie*. Tanya Lieske lebt mit ihrer Familie in Düsseldorf, ein zweiter Schreibtisch steht in Irland. Weitere Informationen: www.tanyalieske.de

Die Arbeit an diesem Buch wurde ermöglicht
mit einem Stipendium der Kunststiftung NRW Düsseldorf

Das an Marcus Tullius Cicero angelehnte Zitat am Anfang des Buches stammt aus: Marcus Tullius Cicero *Über die Freundschaft* (übersetzt von Marion Giebel)
Verwendet mit freundlicher Genehmigung des Philipp Reclam jun. Verlags

MIX
Papier aus verantwortungsvollen Quellen
FSC® C089473

Dieses Buch ist erhältlich als:
ISBN 978-3-407-82321-2 Print
ISBN 978-3-407-76192-7 (EPUB)

in der Verlagsgruppe Beltz · Weinheim Basel
Werderstraße 10, 69469 Weinheim

Umschlaggestaltung: formlabor, Hamburg
Neue Rechtschreibung
Herstellung: Nancy Aprile
Druck und Bindung: Beltz Bad Langensalza GmbH, Bad Langensalza
Printed in Germany
1 2 3 4 5 21 20 19 18 17

Weitere Informationen zu unseren Autoren und Titeln
finden Sie unter: www.beltz.de